光文社文庫

わたしのおせっかい談義

新装版

沢村貞子

光 文 社

わたしのおせっかい談義

目次

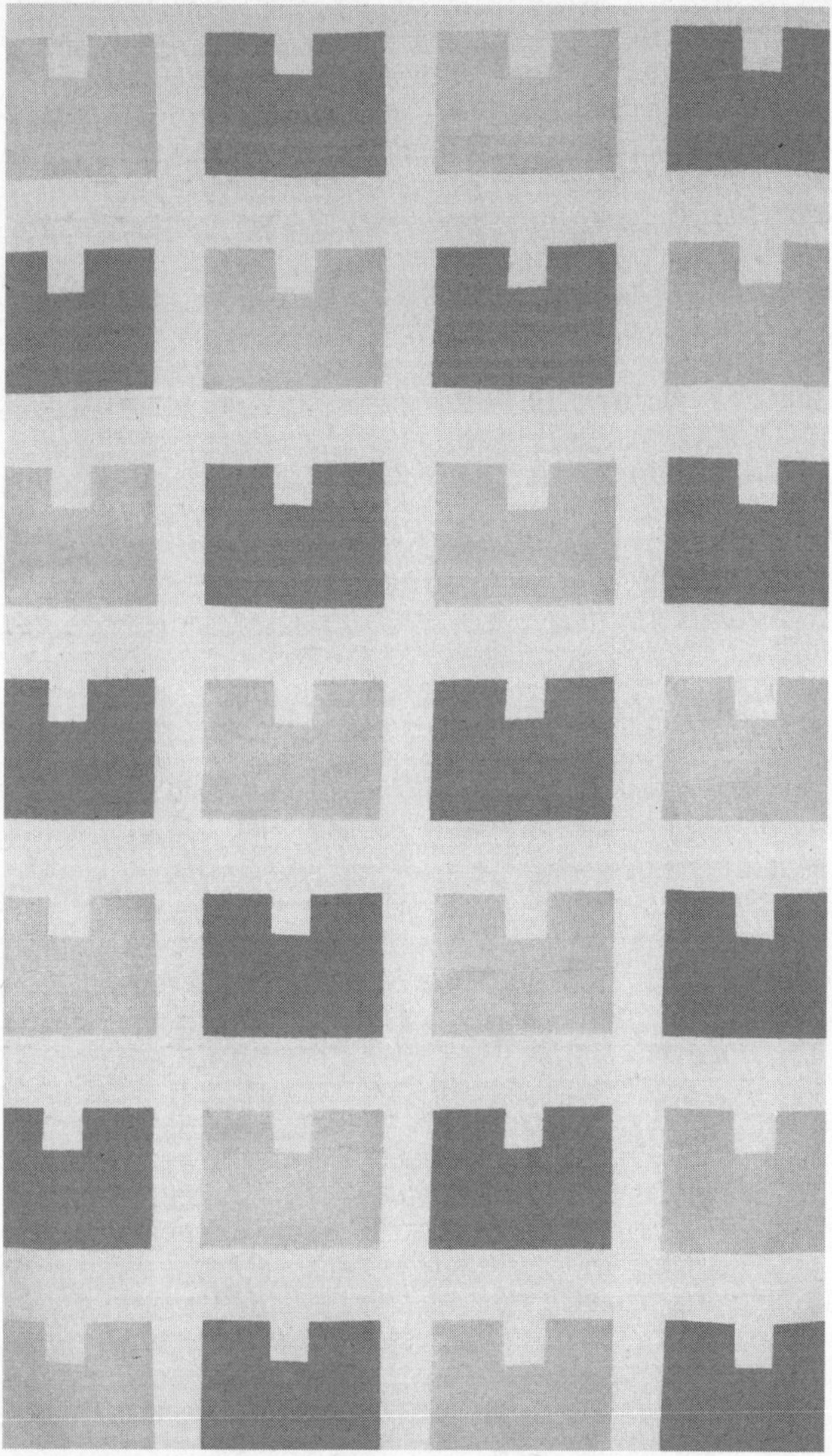

第一章　自ら選んだ脇役の道

第二章　幸せ願望のつまずき

第三章　食べることの楽しさ

第四章　すてがたい和風の暮らし

第五章　女優生活五十年

第六章　年齢に応じた生き方

第一章　自ら選んだ脇役の道

どちらが本物の私？

皆さま、こんにちは。沢村貞子でございます。

今日、はじめて私の素顔をご覧になった方が多いと思いますが、いかがですか。——アラ、テレビで見るよりずっときれいだわ（笑）——そうお思いになったんじゃございません？

今、ここに立っております私、これこそホンモノの私で、テレビや映画の中の私は、それぞれの役に扮した女優・沢村貞子でございます。つまり、ホンモノの私は、ご覧のようにきれいなんです——と、申し上げたいのですが、実は、残念ながら、皆さまがテレビの画面で見ていらっしゃるほうが、実際の私なんです。

ちかごろのテレビカメラは、とても精巧でして、アップになれば、どんな皺《しわ》もシミもけつして見おとしてはくれません。おまけに、上から下から、左から右から、そして前から後ろからと、情け容赦《ようしゃ》なく浴びせかける非情な照明がございます。おかげで哀しいことに、私の年はそのまま、かけ値なく、映《うつ》し出されてしまいます。

でも、今日は嬉しいことに、カメラも照明もございません。

「夜目、遠目、笠の内」と申しますが、こうして遠いところから、しかもほのかな電灯でご覧になって、「アーラ、わりにきれいじゃない?」と、おとなりの方と顔見合わせてうなずいてくださる——ありがとうございます（笑）。

もっとも、私のほうも、家を出るときから、自分をだましてまいりました。

実は、わが家の鏡台はかなり明るくしてございまして、皺の中にはいった白粉《おしろい》などは、絶対に見おとさないようにしてあります。でも、あんまり何でも見えすぎると——私もずいぶん年をとったものねえ——などとみじめな気持ちになってしまいます。そんなげっそりした心持ちで皆さまの前へ出るのは失礼でしょ。ですから、出がけに、今度は洗面所の鏡をかならずのぞくことにしております。この照明はフンワリとやさしく、老眼の私にはあんまり現実がわからないようにしてありますから、鏡の中の老美女をチラッと見て——フン、まんざらでもないわ——（笑）。気分よく、ポンと帯をたたいて、こうして皆さまの前へ出て、ちょっと気取って、「ただいまご紹介にあずかりました沢村貞子でございます」（笑）なんて言うわけです。

でも、ほんとのことを言うと、やっぱり若くてきれいなほうがよござんすよね、ことに女優は……。テレビを見ていて、アラ、何だかちょっと景色がわるいわねえ――そう思うときは、たいてい、じじ・ばばが出ているシーンです、私のような……（笑）。

といって、いくら若いほうがいいからって、私がいまさらお嫁さん役をするわけにはいきません。だから私の役は、いつでもお姑《しゅうと》さんです。いやんなっちゃう（笑）。

でもね、お姑さんというとすぐ、意地悪とお思いになる方が多いようですけれど……。いくら「古い女」という字を書くからって、みんながかならず嫁いびりをするとは決まっていませんよ。このごろじゃ、あなた、嫁にいびられているお姑さんだっていらっしゃいますものねえ（拍手）。

ま、たいていのお姑さんは、自分のものは倹約《けんやく》しても、子供たちや旦那《だんな》さんのためにって一所懸命働いてきた。それがですよ、お嫁さんが来るでしょう。すると、自分の大事な息子は、そっちばっかり見てる。

私の役は、ちょっと鏡台を見て、「まあ、またこんなとこに白髪《しらが》が出ちゃって……どうにかならないのかしら」と思ってるときに、その鏡に「おかあさま、今日のおかずこれでいいですか」と、ひょっと映ったお嫁さんの顔がきれいだとしますね。

このとき、「あら、あなた、ほんとにきれいでいいわね」と思いますか？　思いませんよね。「まあ、なんてきれいな肌なんでしょ。憎らしい」（笑）。まあ、こんなふうです。それが人間っていうものですよね。たいていはそうですよ、あなた。あとですぐ思い直しますけどね。

若い女優さんが、そばにくると、「ほんとにいいわね、若い人は。つやつやしてきれいね、あーあ、私だってそういうときがあったのに」なんて思っちゃいますよね。でもしようがない。年をとるのをやめるわけにゃいかないんですから。それでも、おばあさんの脇役だから、こうして今日までやってこられたんです。主役はそうはいかない。もしあなた、私が脇役でなかったら、今ごろ皆さまにこうやってお目にかかれなかったかもしれない。もうとうに引退しちゃったでしょう。だから、脇役でよかったんだと思います。

家では主役脇役の兼用

外では脇役だけをつとめてる私ですけど、わが家では脇役と主役兼用ですね、夫と二人ですから。夫も私も主役です。でも、これはなかなかむずかしいですね。

まあ、自分では少々みっともなくっても、年とったのだからしかたがないと思ってる。けれど、敵はそうはいかないと思うんですよ（笑）。私は、鏡見なきゃ自分の顔が見えないけれど、夫は年じゅう私を見ているんですから、あんまり老醜をさらしては気の毒ですよね。

若い方なら髪が乱れても、それはまたそれで若さの美しさとなりますよね。このごろ、こんなふうに髪をバラバラっと乱すのが流行《はや》ってますね（笑）、昔は乱れ髪といったもんです。洗い髪お妻なんて、有名な美人がいましたけど、今、洗い髪お妻みたいな髪の人がそこらじゅうにいますね。乱れ髪も、美人はいい、若い人はいい。ですけど、私が乱れ髪してたらみっともない。

うちはね、お手伝いさんが通いで来てますけど、彼女は午前九時に来るというのに、ごみを集めに来る車は八時半なんです。彼女は朝の九時に来て夕方の五時に帰るでしょ。それで、私が夜のうちにごみの始末をしておいて、朝八時十五分には出さなくちゃいけない。いくら脇役だといってもね、皆さんに見ていただく職業ですから、たとえごみを捨てにいくのでも、私、寝起きのままの乱れ髪で外に出るわけにはまいりません。

——沢村貞子ってなあに、あれ、ひどいわねえ——とご近所の方々に思われたくないから、一応サッと髪をなでつけていくわけ。帰ってきて、もう一度ちゃんと結いなおしまして、それから顔のほうもちょっときれいに始末をいたしまして……。このとき、もう少しきれいにって、欲を出しちゃいけませんね。そうすると皺の中に白粉《おしろい》が入っちゃうんだから（笑）。

年にさからわず、欲張らず

いくらどう頑張ったって、実物よりずうっときれいになろうなんて、無理なはなしですよね。とにかく、欲張っちゃいけません。年にさからったって、どうせ勝ちめはないんですから。脇役精神で、しぜんにそういうようになるのかもしれませんけど、私あんまり欲張らないんですよ。ひどいところだけをなおすという気持ちです。

わが家の修繕と同じことです。台所が壊れた、水道がこんなになっちゃった――そんなとき、水道だけをなおすんです。水が出ればそれでいい。ついでにタイルも張り替えよう、なんて考えだしたら大変。お金もかかるし時間もかかる。今、悪いとこだけ、それだけなおればいい、この精神でね。

だから、顔のほうも、ちょっとだけ、あまりひどいところだけはなおしましょう。「ああ、昔、一緒になったときはこうじゃなかったのに……」。これから先、何十年もこの顔を見て暮らさなくちゃならないのかと、旦那様があまりなげかない程度にね、まあ、このくらいならしようがない、とあきらめてもらえる程度にやっております。お化粧って、いっぺん塗ってこれだけきれいになったのだから、もういっぺん塗ったらもう少しきれいになるだろうなんて、これは無理です、厚化粧になってしまって、あとは、ぽろりと落ちるだけ（笑）。ですから、まあまあこの辺、あまりひどいところは隠すということにいたしましょう。

しかし、皆さん、お若い方が多いのですから、私は、皆さんが遠いからあまり見えないだろうなんていい気になっていても、若い方には、ちゃんとこのシミは見えちゃうかもしれない。ですから、はじめにお話ししたように私の鏡台は、髪を結ったり着物を着るときのためには、明るいライトをつけてあります。ときには老眼鏡をかけて見ることもあるんですけれども、でも老眼鏡をかけなくても、かなり見えるほど明るくしてあります（笑）。それでまあまあにするんです。そして着物も着替えて、「まあ、しようがないわね、七十七歳なんだから」と、納得して家を出るわけです。それで皆さまの前に立ちます。——

「私、ほんとにひどいでしょう」なんて思うと、ネクラになっちゃうってわけ（笑）。これでは困るんです。皆さまにも失礼ですからね。

ですから、私、老眼鏡かけたり、あるいはライトの下で、あまりひどいところだけはちょいと何とかしたら、今度は洗面所へ行くんです。

さっきも申し上げたようにトイレの鏡は照明がほわっとしてありますから、そのほわっとした光線で、夜目、遠目、「あら、私もまんざらでもないじゃない」（笑）そう思うようにしてあるんです。これでがっくりした気持ちが、今度は鏡を見て「ニヤッ」として、自信をもって、ぱんと帯をたたいて……そういう状態でここへ来ますと「皆さん、私って、意外ときれいだとお思いになるでしょう」なんてことが言えるわけです（拍手）。

台所が私の運動場

年寄りだからって、皆さんに不快な気持ちを与えたり、暗い陰気な感じにさせたりしたらだめですよね。だから、そういうふうに自分で自分を、ときにはなだめたりおだてたりして、「まあ、いいよいいよ、このくらいで」とか、「そんなことといいわよ、年寄りでこのくらいこぎれいなら、上の口よ」と、いろいろやっていかないと、人間というものはとてもこんなに長く生きてられませんよ(拍手)。

そして、いろいろ修繕をしたあげくに、今度は、このなるべくひどくなるのをとめなくちゃ。とめるためには、適当な運動をしなけりゃならない。しかし、いまさら何とかダンスなんて始めたって……。私はもともと低血圧ですから、女学校の時分から、体操の時間になるとすぐ休んじゃう。鉄棒なんて、すぐ目が回ってしまうほうなんですね。だめなんです。ですから、何とかダンスとか太極拳とか……、そんなこと、私にはできません。私の運動は家事なんです。

私は下町の生まれで、芝居ものの家の娘ですから、台所はもちろん、お弁当もこしらえたし、母のかわりに弟の面倒もちゃんとみました。五つぐらいから仕込まれてますからね。この台所がちょうどいい運動場ですね、今の私に。

朝起きたときにはドテッとしてるんですよ。何しろそういう体質なもんですからね。家の中、あっちぶつかりこっちぶつかりして、「早くごみを出さなくちゃあ」って、とにかくごみだけ出してくる。今度は着物を着替えて――、わが家は五十年も前に建った家ですから、みんな雨戸なんです。重いんですよね、それをみんな開けなくちゃならない。よいしょ、よいしょと開ける。そして、朝ご飯の支度をしているころに、だんだんと目が覚めてきます。朝ご飯ができあがるころにはパチッとしまして、昨夕《ゆうべ》覚えておいたはずのセリフがぱっと浮かんでくる——そういうしかけになっています（笑）。つまり、血液の循環がよくなるということなんですよね。血液の循環がよくなるということはとても大事なことで、頭のほうに血が回りますからね。そのためには、私にはそういう家事が一番適している。

手作り弁当が潤滑《じゅんかつ》油

私、一度も入院したことがないんですよ、今まで。すぐ目が回ってひっくり返るくせに、入院したことがない。何をしたかというと、適当な運動とそれから食事ですね。自分でこしらえる食べものです。別に、高いもののことを言ってるんじゃないんですよ、うまいものと言っても……。今の私が食べたいもの、「ああ、おいしいな」と思うものを食べるんです。そういう食べものを出前で持ってきてくれと言ったって、そうはいきません。ですから私は、全部自分でこしらえています。

さっきもわけぎのゆで方を、私のマネージャーに教えてたんですけれども――わけぎというのは、サッとたくさんのお湯でゆでたらだめなんですよ、ねぎにしても何でもそう。平たいおなべに少しのお湯を入れて、蒸し煮にしなきゃね。白いところだけ先にゆでる。少しゆだったら青いところを入れる。そうして両方やって、さっと氷水の中にくぐらせる。そしてきゅっと絞ると、とてもおいしい。そういうふうにするんです。

お弁当は、年じゅう自分のお弁当を持っていきます。私のお弁当というのがね、結構なんですよ、皆さん（笑）。この間も、ご覧になった方もいらっしゃるかもしれませんけれども、「大家族」というテレビドラマ――。大勢の出演者が、ずっと連続で、同じ顔ぶれで一緒に出ているでしょう。もしかしたら、自分の家族より長い時間一緒にいるんです。ああいう長いドラマをやりますとね、だんだん、みんなうんざりしてくるんですよ、お互いにね。一所懸命やってるけれども、顔ぶれがいつも同じだし、「沢村さんて、うるさいからな」と思ってくるんですよね（笑）。

お昼になりますでしょう。「はい、ご飯――」というとき、みんな、「今日は何食べようかな」ってやってます。若い人たちはね、「うん、テキにしようかな」「私、うなぎにしよう」なんて言って、「沢村さん、何召し上がります？」と声まで変えて、一応私におうかがいをたててくれる。

そのときに、「そうねえ、私は和食がいいわ」と言うと、みんながっかりして、「じゃあ、和食に付き合わなきゃならない」と思うでしょう。だから、私はそんなこと言わない。「私、お弁当よ」すると、「沢村さんお弁当ですって、じゃあ行ってまいりまーす」なんて、うれしそうに出てっちゃう（笑）。

私も何もあなた、和食を食べたいのに肉を付き合って「そうじゃん」なんてね（笑）、若い人たちに合わせることないでしょ。ですから、私は私でお弁当を持っていく。このお弁当が、アルミのお弁当箱に昨夕《ゆうべ》の残りをぎゅうぎゅう詰めたようなものですと、わびしくなります。

「みんな、いいわね、一緒に外に食べに行っちゃって。私一人……」ぶつぶつ。暗い気持ちになります。

ですから、私、お弁当箱たくさん持っているんですよ。いろんなお弁当箱、塗りのものやら白木のものなど、いろんなの持ってる。今日はこれにしましょうってえらびます。そして、二時間前に起きて、全部自分でもってこしらえて、きれいなお弁当を持ってくる。

それを自分の部屋でぱっと開けて、「どう、こんなの、だあれも食べられないでしょう」なんていい気持ちになって食べて、そして家から持ってきたおいしいお茶を飲む。

そのうちに撮影が始まりまして、「お願いします」の声を聞くと、「はーい」とそりゃご機嫌。向こうもうるさい先輩から解放されていいご機嫌。お互いにそういうもんですよね。

夫婦間の空気孔《あな》

人間同士というのは、あまりぴたっとくっつきすぎちゃいけないですね。どんなに仲のいい人でも、始終、朝から晩まで鼻をつき合わせていたら、どうしたって飽きますよね。だいたい人間というのは、飽きっぽい動物なんですから。だから、お互いに飽きないように気をつけなくちゃいけない。たとえ夫婦の間柄でも、お互いがあまり寄り添って息ができないのはだめですよ、はやく飽きがきますから。

私たちの場合は、お互いが寄り添ってもチャンと息ができるくらいは、あけておくんですよ（笑）。相棒の気持ちを汲んであげなきゃ。

たとえば、旦那がテレビ番組でお好みの美人にお熱をあげている。

「なにさ、あの若いのばっかり見て」

「なかなか、いい子だねえ」

「あら、あなた、私が年とってるから、ああいう若い人が好きなの」

——そんなこと言いやしません。若い子は誰だって好きなんだから。

「いいわね、あの子きれいよ」って、一緒になって同調してあげるんです。そういうの、お互いに、向こうだってこっちのことそう思ってくれてると思いますよ。だから、お互いにちょっと息ができるくらいの空気孔《あな》を開けておいて、そして暮らしていると、まあ何とかかんとかうまくいくんですよね。


私はこのごろ、雑文を書いております。いろいろ考えて暮らしていることなんかをちらっと書いておりますが、つくづく思いますね。物を書くときには、〝私はいい人、他人は悪い人〟じゃ、書けませんよね。私はどうなんだ——と思わなきゃ。そういう意味で、自分を一歩離れて見るという点で、書くのはなかなかおもしろいことだと思っています。

何にでも興味を持つこと

私は人より野次馬《やじうま》根性があると思うんですよ。毎日、ご飯の支度したり、セリフを覚えたり、雑文書いたりしても、別にどうということはないのに、そういうふうに何にでも興味を持つというのは——興味を持つから、こうやって元気よく暮らしていられるのかもしれませんけどね。なんてったって私は、まだ生きているんだから。つまらなそうな顔して生きていてもしようがないでしょ。

いろんなことに興味を持つという、野次馬根性は大事だと思いますよ。何にでも興味を持つって、とっても楽しいことですもの。

それを、「どうでもいいわ」「そういうことは、私には関係ないわ」なんていってたら——でも、ほんとは関係あるんですよね、何でもかんでもみんなね。たとえ、どうにもしようがないことでも、「おや、まあ、そう?」って……。一応、「なるほどねえ、ああそう」って野次馬根性を発揮させる。

世の中ってわからないことだらけですけど、「どうせ、私は考えてもだめなんだから、もうやめておきましょう」とか、「あっ、そう、それはわかったけれど、私にはできないからやめておくわ」というふうに、知らんぷりは困ります。ひとまず「おや、まあ、そう？」って横目で見て……。うるさいばあさんというのはそういうものなんです、ああだ、こうだと――(笑)。

私、数年前から野球に興味を持ちはじめましてねえ。といってもテレビのプロ野球中継を観ていて覚えた程度なんですが。いつも私がもみ療治をしてもらう人が、とっても野球に詳しいんです。全盲の人ですけれどね。もみ療治をしている間も野球の話がしたくてしようがないわけ。私がそれに答えるでしょう。それで大変喜ぶわけ。

つまり、ふつうは、もみ療治なんてしてもらう場合、かなり年をとった人が多いから、そのおばあさんたちは野球なんてあまり知らないでしょう。若い女の人は今、興味持つ人が大勢いますわね。だけど、その人がもむのは大抵おばあちゃまね。おばあちゃまは野球の話の相手にはならないわけ。ところが私は相手になるものだから、とても一所懸命もんでくれるわけよね(笑)。

人間っておもしろい

私は昔からスポーツがぜんぜんだめだったんですよ。女学校の体操の時間だって、休んでばっかりいるようなたちだから。鉄棒なんかでもちょっとぶら下がると、すぐ目が回っちゃうしね、低血圧がひどくって……。だから全く運動はだめなんだけれども、うちの旦那が野球が好きでしょう。やっぱり一緒に暮らしているんだから、おつき合いというものがありますからねえ。私が仕事をしているときは、もちろんできませんけれども、ちょっと休みのときなどに「野球ぐらいはつき合ってみましょう」と思っても、ぜんぜん野球を知らないと、おもしろくないでしょう。ただ見ているだけで何もわからないとつまらない。ルールをおそわったり、一緒に見に行ったりなんかしているうちに、だんだんね、少しずつ何でも――これ、「知ることの深さは、愛することへの道」というけど、ほんとうにそうだと思うのね。知ると、何でもみんなおもしろいものですよね。

将棋でも、旦那が好きだからちょっとつき合って見ているとき、「これ、どうなるの?」

って、駒《こま》の動かし方だけを聞くんです。桂馬《けいま》はこうして飛んでいくんだとか、金と銀はこういうふうに違うとかいう、そういうことだけ教わって見ていると、「あっ、この次はこういうふうにしたらいいのに。するんじゃないかしらん」と思うと、自分がしたようにおもしろいでしょう。私は、おもしろいことを始終探しているんです。つまり、人間に興味を持っているのかもしれませんねえ。だから、何でもおもしろいんですよね。

たとえば、立花隆《たちばなたかし》さんの『宇宙からの帰還』なんていう本は、お月様の中でうさぎが餅《もち》をついていると思ってたら、人が行ったというので、すごく興味を持って——科学なんか全くだめなくせに興味を持ってみると、宇宙から帰った人たちの話が書いてあると、もう夢中で読んじゃうわけ。あまりむずかしいところは飛ばしますけどね。その人たちがどういうふうに思ったかということなんかは、とってもおもしろいですね。

宇宙から帰ってきたある人は、「行ってみたけど神はやっぱりいなかった」というし、またある人は、「そこで初めて神を感じた」という。みんなそれぞれなんですよねえ。ただ、多くの人が感じたのは、「地球は青い。地球はきれいだ。ああ、愛《いと》しい地球」と、こういうふうに思ったことはみんな一緒なの。しかしそういうふうに、神はいると感じたり、いないと感じたり、あるいは帰ってきてから、自分のやってきたことをみんなにわかってもらうためには代議士になろうと思ってそうなったり、それからある人はまた牧師さんになったり、ある人はちょっと神経がおかしくなってしまったり、みんなそれぞれねえ。人間っておもしろいもんだなあと思いますねえ。私はそんなふうに何にでも興味を持っちゃうんですね。

人間というのは、自分をもちろん含《ふく》めてですけど、いろいろなところがあってね、こういうふうに迷うものなんだなあ、こういうふうにそれぞれ考えも違うもんなんだなあ、やっぱり、一所懸命やっても完全な人間ってなかなかいないもんだなあと思ったり、それから何十年も人生を過ごしてきて、「ああ、人間というのは、完全無欠な人というのはいないもんだなあ」と思うわけ。

そうすると、生まれたての赤ちゃんのかわいらしいのを見て、こんなにかわいい子供が、どうして大きくなるとあんなに憎ったらしい人間になったりするのかしらと……。ならない人もいますけどね。たいていは、自分を含めてですよ、私だって相当憎ったらしいことを言うしね、意地の悪いところもあるし、どうしてこうなっちゃうのかなあと思ったり、そういうところが非常におもしろい。

そして、ああ、人間というのはだめなんだなあ、人間より動物のほうがずっと、そのまま、昔持っていたままの感情を出したりしていいなと思うと――。

私のごひいき番組は、幼児番組と動物の番組。猿のほうがよっぽど人間よりも、みんなとの暮らし方を心得ているなあとか思ったりね。猿仲間では食べものだって、むやみにパッとひったくるようなことはしないで、自分が食べようと思って急いで行ったのに、ほかの猿が先に行って取っちゃうと、じっと待ってるんですよね、分けてくれるまで。それからボスがだめになると、メスの猿がその跡を引き受けて、次のボスができると、「はい、どうぞ」と言って席を譲る。ああいうことは人間はしないいんだなあと思ったりね、いろいろなことがとっても、私には何でもおもしろいんです。

私は感心魔

おもしろいと同時に、神様か仏様か何様かしらないけれども、何かがいるんじゃないかしらんという気もするんです。だってあなた、自分の手を見たって、こんなにうまく動く手というのは、機械でこしらえたら大変でしょう？　今はもちろん手で押せば、人間よりもずっとうまく動くのがありますし、ワープロなんてものも女の人だってどんどん操作するし、いろいろありますけれども、それをこしらえたのはやっぱり人間だし、そして人間だけじゃなくて、生き物すべてよね。花にしたって、あんなかわいいきれいな花が、自分のところのメシベが自分のところのオシベの花粉をくっつけたのでは、あまり同じものばっかりもらっていたのではうまくいかないから、よそのが欲しいと思って、そしてほかの虫が来ると、その虫をずっと中へ誘い込むようになってる。だんだん蜜の香で誘い込まれちゃったらすぐには出られないようになっていて、中まで入って花粉をつけて、やっと飛び出してくる。小さな花がどうしてそんなうまいことを考えるんでしょうね。

クモにしたって、人間が測《はか》ってやったってなかなかうまくまねできないような精巧な巣を張りめぐらしたり、じっとうずくまって待ってて、ほかの虫が来たらパッとつかまえたり、早すぎると逃げられちゃうからと間を計《はか》って行ったりね。役者だってなかなかできませんよ。クモって、どうしてこんなに頭がいいのかしらと。まあ、私は一種の感心魔ですね。何にでも感心してしまうんです。

でも、私は感心するのも悪くないと思うんですよ。まあ、随分《ずいぶん》長く生きちゃったから、いろいろ飽きていることもあるし、そういうときに自分で感心して、ああおもしろいなと思って、そういうふうに見ているということは、一つの生き方として悪くはないと思う。だから、私は自分で感心魔を楽しんでいるところがあるんですね。

「お互い様」の気持ちで

それにしても、こんなに広い宇宙――人間なんか、「長寿《ちょうじゅ》になった、長寿になった」といっても、せいぜい生きて八十年でしょう。非常に自分の体をうまく使った人でも百年。それを何億年も前からできているこの宇宙の、そのまた一つの太陽系の、そのまた一つの惑星にすぎない地球の、そのまた一つの小さな島国でしかない日本の、そのまた一つの東京の、そのまた一つの渋谷区の、そのまた……（笑）、そう思うと、とっても興味津々《しんしん》なんですよね。ただ、そういうところにみんないるんですから、お互いにね、ちょうどこういうとき、大宇宙から見たらほんの一瞬ともいえないほどのときに出会った人ぐらい、仲よくしたらいいじゃないかと思ったりするんですよね。

「お互い様」なんですからねえ、「こういうときに生まれ合わせまして」ってね。だから、せめて優しく――むやみに甘ったれさせることはないけれども、ただお互いに優しくいたわり合って生きられないものかなあと思って……（拍手）。

せめて平和に……、平和に生きられないのはなぜだろうと思うと、やっぱり、自分たちのところだけを大事にしよう、自分の国だけを大事にしよう――もちろん、自分の国は大事ですよね、国に愛着は持ちますよ。しかし、それだからって、隣りの国を――たとえば、私が浅草が好きで浅草、浅草と思いますけれども、浅草じゃない人はみんな憎ったらしいか（笑）――といえば、けっしてそんなことはないわ。

みんなそれぞれでしょう。白くても、黒くても、黄色くても、みんなそれぞれの人間が生きてこうして――不思議なことに誰がこしらえたのか知らないけれども、物を考えたり、しゃべったり、食べたり、いろいろなときにこうやって生きているんだから、自分の国だけを大事にするというんじゃなくて、自分の国はもちろん大事だけど、隣りの国も、その隣りの国も、――「おまえさんのところも大事におしなさいよ」「ええ、おたくも」っていうような感覚が、ほしいんですよ。ちょっと間違って隣りから何かが転がってくると、すぐにぶっつぶすというんじゃなくて、「これ、おたくのじゃないですか」というぐらいの、それぐらいの優しい気持ちを持てないものかしらんと思います（拍手）。

思ったことの言える世の中に

私は震災にも遭《あ》い、戦災にも遭い、どうして運よく生きのびられたか不思議なくらいですけれども、それにしてもお互いに、せめて人間同士が殺し合ったり、憎み合ったり、そうはしないほうがいいんじゃないかと思いますね。どうしてそういう気持ちになるのか、私、自分でも不思議なんですよ。

この間、テレビの特集番組で、ソビエトとアメリカから放送しているのを観て、考えさせられましたねえ。市民同士で意見を交わしましょうというので、市民たちだけがテレビで話し合いをしたんです。そしたら、やっぱり激論になっちゃいましたけどね。「あれ、どうして政治の話ばかりになってしまうのかしら」――って思っていたら、アメリカの北のほうで漁業をしているっていう人が来ていて、「私は、漁業をしているために来いというので連れてこられたんだけど、こんなお互いに政治的な話ばかりだったら来るんじゃなかった。私はソビエトの人たちともよく話し合って、お互いに魚をとって、ああだこうだという、そういう話がしたかった。誰か魚をとっている人はソビエトにはいないんですか」なんて言っていたの。その人の顔がとってもよかったわね。

そしたら、ソビエトの人が、「私は絵かきだけど、アメリカにも随分いい人がいますねえ。あなたの顔はとってもいい。あなたの顔を描きたいほど温かいものを感じる」と言ったんです。ほんとうに二人ともいい顔だったわ（笑）。でも、それからまた——結局はお互いに政治的なことをね、自分の国のやり方がいいの悪いのということばっかしになっちゃってね。それでも、まあ、話しただけでもいいと思いますよ。せめて、お互いに何とか工夫して、ああでもないこうでもないと話し合いをして、同時代に生きる者同士が、〈せめて平和に〉という対話で向き合って握手できないものかしらと、随分思っちゃうんですけれどねえ。

ほかには何も望みはないけれど、平和にやってもらいたいと思いますね。むずかしいけれども、みんながそう思えば、まあ人間ってそんなに完全な人はいないんだから、自分のところだけをよくしたい、自分のことだけをよくしたいと思うでしょうけれど、——結局、それは浅ましいことだと感じる世の中に、だんだんなってくれればいいなと思うんですけどね。

戦時中、みんなが「万歳！　万歳！」を三唱しているときに、私は困っちゃいました。

万歳と言えないのね。万歳、万歳ばかりじゃなくて、ほんとのことをちらりちらりと、どうも戦争状態が悪いらしいとか何とか……どうしてそれを言う人がいないのだろう。たとえば、いろいろな新聞が、同じように判で押したようなことだけ書いているでしょう。だからあのころは次から次へと爆撃されて、あちらでもこちらでも空襲に遭ったのよねえ。それで、これ、一体どういうふうになっているんだろうと思って、それを知りたくて、兄の劇団を手伝っていましたが、旅先の宿屋につくと、「すみませんね、ちょっと新聞貸していただけませんか」と言っては新聞を見るわけね。あのころのはペラペラのたった一枚の新聞ですよ。それには、いつも「大勝利、大勝利」と書いてあるでしょう。しまいに電灯のところへ持って行って、透かして見たくなっちゃいましてね。

　ほんとうは、新聞記者の人も何かほかのことを書きたいのじゃないかしらん。それが裏面ににじみ出るんじゃないかしらんと思ってね。自分で薄暗い電灯のところへ行って透かして見たくなるほどでしたよねえ。

　だから、これからも、みんなが何にも物が言えないという世の中には、なってもらいたくないと思うんです。それが間違ってたら間違っていると、またみんなが言えばいいんで、とにかく、こうじゃないだろうかと思うことが言えるぐらいね。それを抑えつけられて、挙動不審で引っ張られちゃってもかなわないしねえ、私の若いときみたいにねえ（笑）。

そういうふうに思いますね。民主主義というのはそういうものじゃないでしょうか。みんなが思ったことを言えるということだと思いますけどね。

人間として生きやすい雰囲気

この間、新聞に出ていましたね。筑波《つくば》大学ですか、あそこの研究所に勤めている優秀な人たちが随分自殺するらしいのね。あんなに立派な悠々とした研究所で、そして公園もたくさんあるんですってね。緑はあるし、空気はいいし、すばらしいところなんですって。それなのに自殺する。この二年で九人自殺したっていうでしょう。

なぜかというと、研究に行き詰まるということもあるけれども、人間って、あんまり立派なところで悠々と暮らしていちゃあ生きていけない動物じゃないかしらと思っちゃう。ちょっとぐらい汚れている――汚れていると言ってはいけないけれども、ごちゃごちゃと人間がいてね、あまり頭のよくない人もいる、あまり顔のよくない人もいる、それからかわいらしい人もいる、憎たらしい人もいる――いろいろな人のいるところで暮らすほうが、人間というのは生きやすいんじゃないかしらと思ったりします。

私がいま住んでいる家は五十年前に建ったものです。お金がなかったから、少し余裕ができるたんびにあっちこっち手入れして、それがかえってよくって、そのたびにほかも直したからこうやってもっていますけれど……。

この間も屋根のところ直そうと思って、昔から直してくれる大工さんに頼んだら、「いっそのこと、これを壊して建て直したらどうですか」って言うんです。そしてマンションか何かにして、下に住んで上を貸したら——と言うから、もう私たち老夫婦になったから、そんな面倒くさいこと、する気はさらさらない。大体年寄りというのは、ことに女の人は、引っ越しするとあとで寝込んだりしちゃいますよね。年をとってくると片づけるのが大変だし、その間ほかに行ってるのも大変だし……。

とにかく家を新築したり、お引っ越ししたりすると、そりゃもうくたびれちゃうんだから。片づけは女の人がしなくちゃいけないと思っているということもあるし、……もし、かりに立派な部屋ができたとして——絵で見るような、あるいは写真で見るような億ションというようなものがね。まあ、億ションはできるわけないけれども……絶対にね（笑）。もし、立派なところができてしまったら、どうやってそこへ座っていいか、私、わからないと思うんですよ。年寄り二人が「えへん」と咳ばらいをしながら、ときには何かにつまずきながら、ぐじょぐじょと暮らしていたのに、あまり立派なところで暮らしたら、ツーンとこうすまして、何か格好をつけていないといけないでしょう。やっぱり年じゅう気取って、片づけて、それですっと座ると、何だか冷たい風が吹いてくるような気がしたりしてね、落ち着かないと思うんですよね。

私は、筑波大学に自殺者が多いと聞いたとき、ふっとそう思ったんですよね。ごちゃごちゃとしているところに、いいところがあるのじゃないんですかね。そうかといって、年じゅうごちゃごちゃしているところで暮らしているほうがいいんだとも思いませんけれども、ときにはそういうところへも行きたくなったり、そういうところで暮らしたくなるのではないかしらんと思いますね。

それから考えると、世の中、あまり立派な人間ばっかりでも困ってしまうんじゃないんでしょうか？　ノーベル賞の受賞者の精子を、すごい美人に人工授精して子供をこしらえるというのはどういうもんでしょうかね。そういう優秀な人や、すばらしい美人ばかりいる世の中の居心地っていうのは、どういうものだろうと思っちゃいますね（拍手）。

優秀ってなあに？

私、神様か仏様か何だか知らないけれども、何かがうまくやっているんだから、大体、これでいいんじゃないかと思うんです。――そりゃあ、学者がいろいろと研究したり、科学者がいろいろなことを調べるのはけっこうだけれども、でも、原爆はなかったほうがよかったと思いますねえ。

まあたとえば、子供のない夫婦が子供を欲しいと思うのは当然のことだと思いますよ。私なんか子供がないけど、私はそういうことはあまり、自分の子供でなきゃあと思わないほうですからね。大体いいかげんな人間ですから、人の子供でもかわいがっちゃうからね。ちっとも別に何とも思わないけれど、自分の子供、自分の子供といって、他人のお腹を借りてまで自分の子供を欲しがる人もいたり、お金が欲しいからお腹を貸すわ、という女性もいるけれども、そういう考え方をしてむやみに子供をこしらえてもどういうもんでしょうねえ。世の中には親がなくて困っている子供だってたくさんいるんですからねえ。そういう子を貰ったほうがいいんじゃないでしょうか。

優秀な子、優秀な子って、本当に優秀なのばっかしそろっちゃったら、味けないいんじゃないかと思いますよ。そういうことを考えたりすると、科学の進歩も結構だし、便利なものをこしらえるのも結構だけれども、結局、「コンピューターですから間違いありません」というのは、やっぱりちょっとおかしいわね。コンピューターに入力するのは人間でしょう。だから、間違いが起こることだってあるんじゃないでしょうかねえ。

大人が甘ったれちゃう時代

私、そんなこともいろいろ考えると、すごい大きな事件が起きたりなんかするでしょう。そしていろいろと何が原因だか、たとえば、飛行機が落ちたりした、それから火災が起きて、それが救えなくて大勢死んだり、そういうこともありますよね。

そのときに一つ気に入らないのは、その責任者の人が「ごく単純な基本的なミスです」と、こう言うのね。「ごく単純な基本的なミスです」ということが、何か一つの言い訳みたいになっているでしょう。これはほんとに、どうかと思うんですよねえ。基礎をきちんとしなきゃ、どんな花が咲いたって、どんな建築ができたってだめですよ。この前のジャンボ機大事故のときも、ちょっとした傷を、そこへ工具を落とした、それに気を取られてほかの傷を見落としたって、直したときのことをそう言ったでしょう。その前のしりもち事故を直したときね。

このごろは、何でもかんでもコンピューターだけれど、そのコンピューターの裏を返して、それを悪用して何かすることを研究している人がいるんですってね……。それをハッカーとかいうんですって。「へえー、人間っていろいろなことを考えるんだなあ」と思うんだけど、それもこれも、もとがね、一番初めの基礎が一つ間違っていた。そのために、だんだんそういうふうになっちゃったというときに、「これは大変なことでした。基礎が間違ってたんです」と言って頭を下げないのはどういうわけでしょう？　「ごく単純な初歩的ミスです」なんて言ってほしくない。私はこの言葉、ほんとに気に入らないのよね。

何だってみんな、一番初めが大事ですよ、基礎が大事ですよ、基礎が大事なんです。

子供を育てるんだってそうでしょう。基礎が大事ですよ。何でも先生に頼んどけばいい、学校でしてくれりゃあいいというようなものじゃあないんだから。子供を生んで、それをちゃんと育てられるかどうかをよく考えて、また、ちゃんと育てなければならないと考えて、自分の仕事がそのためにどうなるかも考えて、それでもいろいろできるだけの——そりゃあ、子供を生んだときに「女はみんな仕事をやめなさい」なんて、私、ぜんぜん思いませんよ。だけど、そのためにはどういうことをしたらいいかということをよく考えないとね。

初めに初歩的なことを考えないでやっといて、あとで「初歩的なミスでした」と言う——税金をごまかした偉い人もよくそう言いますけどね（笑）、あれは嫌ね。人間って初歩的なことが一番大事じゃないかなと思ったりするのね。年寄りというのは、いろいろなことをああだこうだと思いますからね、「ああでもない」「こうでもない」と思うと、やっぱり一番大事な基礎を大事にしないと何でもだめだとつくづく思います。

おいしいものをこしらえようと思ったら、包丁を研《と》がなくちゃだめだというようにね、初めを考えなくちゃだめだと思う。だんだんあまり進んでくると——子供のことばかり「甘ったれ」とは言えませんね、大人も甘ったれになっちゃって（笑）。——むずかしいもんですね、生きていくってことは。

第二章　幸せ願望のつまずき

筮竹《ぜいちく》一本で決まった私の名前

私の本名は、沢村貞子《ていこ》。〝ていこ〟と読みます。ただいまは大橋《おおはし》貞子と申します。けれども、映画女優になったとき、そこの社長が沢村貞子《さだこ》にしたほうがいいとおっしゃって、沢村貞子《さだこ》になっちゃいましたけれども、本名は貞子《ていこ》。でもこの名前は、父がつけたんじゃないらしいんです。母がそう言ってました。私もそうだと思うんですよ。何しろ昔は、「子」なんてつけると何様じゃあるまいしと、そう言われたもんですから。「子」なんかつけなかった。

私の母は「まつ」、姉は「せい」、おまつ、おせい。そして私は、おてい、になるはずでした。ところが、私だけ「子」がくっついたんですよね。

これは、父がいつまでたっても名前をつけてくれないものですから、それじゃあ区役所へ届けられないということで、母が占いさんに頼んだのだそうです。そうしたら、占いさんが、筮竹《ぜいちく》をくしゃくしゃっとやって、女の名前を書いた紙を三つまるめて、ポンッと放ってやって、一番遠くへ飛んだのが貞子で、私の名前は貞子と決まりました（笑）。

私には、加東大介《かとうだいすけ》という弟がおりまして、――これが早トチリで、六十四歳で亡くなってしまいましたけども――これが子役でございましてね、浅草の芝居に出ておりました、四つから。なにしろ四つですからね、いやも応もなく、舞台に出されてしまったんです。大体、私のまわりが役者だらけになったのは、私の父のせいなんです。張本人は、父というわけです。

私の父親

父は、本所の伊勢屋《いせ》という大きい酒屋の生まれで、甘やかされて育ったらしいんですが、明治維新のゴタゴタの際に天狗党《てんぐ》の人たちに、「資金をよこせ」ってたびたび押し入られて、とうとう破産して、九つのとき、浅草猿若町《さるわかちょう》の質屋さんにあずけられたっていう話です。

そこのご主人も、「伊勢屋の坊ちゃんだ、あすこには義理がある」ってんでこれまた甘やかしたらしいんですね。

猿若町というところはもともと芝居町でしたから、質草をもってくるのも芝居ものが多い。つまり、小道具、大道具、おはやしさんなんか——その人たちがすこしでも多く借りたいから、やっとどうにか一人前の若い衆になった父を、むやみやたらにおだてたらしいんです、父はどっちかというと昔風の二枚目でした。

「あなたが役者にならなくて、誰が役者になるんだね」なんてみんなにおだてられて、役者になりたいと思ったけど、親類がうるさい人ばかりで……。父の祖母の実家が武士《さむらい》で「お前は役者なんかになるつもりか。どうしてもなるというなら勘当だ。うちへ出入りするな」なんて言われちゃったものだから、しようがなくて「紅《べに》おしろいはつけまじくそうろう」という一札を書きまして、役者ではなく書くほうにいったんです。河竹黙阿弥《かわたけもくあみ》という人のお弟子になりまして、竹柴傳造《たけしばでんぞう》という名を貰って作者になりました。

そのかわり、自分の子供はみんな役者にする、その執念で、何でもかんでも子供を役者にしようと思って、そして結婚したんですよね。ですから、結婚するときのお嫁さんの条件が、まず第一に頭がいいこと。なぜっていうと、頭が悪い子が生まれると、セリフが覚えられないから（笑）。つぎが、器量は別にのぞまない――俺の子に、悪いのが生まれるわけはない、って――（笑）。三番目が、よく働くこと。働いて尽くしてくれないと困る。せっせと食事の支度をして、男たちにちゃんと食べさせないと――役者は健康が第一だから。そして最後が、決して外へ出たがらないこと、それだけなんですよね。

私の母は、その四つの条件にかなったとみえまして結婚したんですけれども、一番初めに生まれたのが女の子なんで、がっかりしてしまいまして、すぐに父の妹のところに養女にやってしまいました。二番目が男の子で沢村国太郎《さわむらくにたろう》、このときは喜んだそうです。大きな声で泣くと、「口跡《こうせき》がいいよ」って。声ですね、「役者は声だ、口跡がいいや」と、喜んだそうです。そして三番目が、また残念ながら女の子、私でした（笑）。

父は、芝居から飛んで帰りまして「何、生まれた、今度はどうだ」「えっ、女、あ、そうか」さっさと芝居小屋へ帰ってしまったそうです。

「おまけ」の心意気

そういうふうでございましたが、別に、どうってこともございませんでした。ちゃんと食べさせてくれましたし、着せてもくれましたし、家へ住まわせてもくれましたけれども、父にとって、女の子はおまけというわけなんです。おまけ。飴《あめ》なんか買いに行くと「はい、おまけ」ってくれるでしょ、あれなんです（笑）。

ですから、そのおまけは、家のために一所懸命働かなくちゃいけないんです。私とすれば、こういう家に生まれて……、何しろ昔の役者というのは、みんな歌舞伎でございますからね、女の子はいらないんです。今のように女優はいないんですから。だからそうするのが当たり前と思ってましたから、一所懸命家のことを手伝って、そうして、子役の弟、先ほど申し上げました加東大介について芝居小屋に行ったんです。

弟は私と三つ違いですから、弟が五つのときには私は八つ。私は遅生まれですから、数え年の八つで小学校に上がりました。学校から帰るとすぐ、いろいろ晩ご飯のお米をといだりして、それから芝居小屋に行くんです。母の代わりに弟に白粉を塗ってやったり、足をふいてやったり。

何といったってねあなた、いくら名子役と言われたって、弟はまだ数えの四つや五つですから、花道から出て、舞台に行って何とかとセリフを言って、上手屋台《かみてやたい》に入ると、それつきり遊んじゃうんですよね（笑）。それを、「だめ」と言って引っ張ってきて、三つ違いのお姉ちゃんが、お芝居の流れをじっと聞いていて、「ああ、ここがきっかけだな」と思うと「ほら、出るのよ」と背中を押す――そういう役なんです。つまり付き人ですね、今の。そういうことです。まあ、いわば、脇役ですよね。

ところが、これがなかなかいいもんなんですよ。私は、だんだん自分の役割を、おもしろいと思うようになってきました。――弟は名子役と言われてたんですよ。何しろそのころには、「かァーかァーさァまァ」と歌うような言い方を子役はみんな教えられて、そういうふうに言ってました。ところが私の弟は、どういうわけか「かかさま」とリアルに言うんですね。それで名子役だって――、子役の出場《でば》の多い芝居にばかり出ておりました。私は、毎日のように弟についていっては「はい、あんた出るのよ、ホラ、草履ぬいで」とポンと押してやるわけです。これが、なかなかおもしろいということに、しばらくして気がついたんです。

舞台の袖で見ていて、

（いつも意地悪するあの役者さん、意地悪のくせにずいぶん猫なで声出すのね）

なんて思ったり、付き人っていうのは、いろんなことを考えながら、ゆっくり見られるんです。だって、誰もこっちを気にしないでしょ。私はかなり熱心に、その付き人の役をつとめておりました。そのうちに、いろんな芝居を観ているうちに、私もっといろんなことを知りたいと思いはじめたんです。

どうして、あんなに子供をかわいがるいいお母さんが、たとえば「先代萩《せんだいはぎ》」の政岡《まさおか》が、自分の子供を殺されても知らん顔しているんだろう。お主《しゅう》のためというけど、どうしてそんなことするのかしら。お主って何だろう？　なんて疑問がつぎつぎと湧いてくるんですよね。それで、家に帰って父に聞きますと、父が「ばかやろう、昔からそう決まってんだ」（笑）。母は「私は学がないから先生にお聞き」とこう言うんです。小学校の先生に聞いて怒られてもいけないし、私一人で勉強しようと思いまして、「女学校に行きたい」と言ったら、「とんでもない。何を言ってるんだよ、そんな色気のないことを。芝居ものの娘がどうするんだよ、女学校へなんか行って。男は役者で、女は学者になるつもりか」とたいへんな剣幕《けんまく》で父に叱られました。

しかし、母や兄が一所懸命に口添えしてくれまして……。もともと兄は、ほんとは役者になんかなりたくなかったものですから、――「この子を女学校にやらしてよ」とあと押ししてくれました。やっとの思いで「いいよ」ということになりましたが、「いいから、そのかわり自分で行きな」と言うんですよね。「自分で行きな」っていうことは、つまり自分で月謝をかせげというわけですよね。

　住まわせてくれる、着せてくれる。――うちは木造家屋のケチな家ですけれども、とにかく住まわせてくれる、着せてくれる、ご飯も食べさせてくれる。それからあとは自分の力で行きな、というのは、これは私、当たり前のことだと思ったんですよね。あのころの子供ってみんなそうでしたよ。私は勝手なことをするんだから、月謝は自分でかせがなければ……と素直にそう思いました。

　だいいち、食事ひとつとって考えても、父と私たちとでは、おかずが違いますからね。なんせ私は、おまけですから（笑）。おまけだから、父がうなぎ食べても、私たちは、里《さと》芋《いも》とこんにゃくの煮っころがし。それが「早く大きくなって、このうなぎが食べられるように働きなさい」と言われているような気がしましてね。昔の子供は随分育てやすかったんですね、親がうなぎで子供は里芋とこんにゃくの煮っころがし、それでも文句ひとつ言わない。どうです？　皆さん。

私の母親

小学校へ上がったばかりのころかしら。珍しく観音様のほおずき市へ父が連れてってくれましてね。向こうからきれいな年増が来て、会釈してすれ違うと、父は娘の私に向かって平気で言うんですよ。小指を立てて「おい、あれは俺のレコだったんだぜ」なんて。何のことだかさっぱりわからなかったけど（笑）。とにかく父のとこへは堂々と女客が訪ねてくるんです。二階から二人の高笑いが聞こえてきて、母は下の長火鉢《ながひばち》の前で黙ってお茶いれたりしているんですけど、胸の中はどんなに傷ついていたろう、と思いますよ。

母はしっかり者で働き者のおかみさんタイプですし、父の相手は昔、粋筋《いきすじ》ですから。母はよく「お父さんはいい男だけど、私は野暮天《やぼてん》のお多福だから」って寂しそうに言ってました。

でも、母は父に惚れてたんだと思いますよ。父のほうは惚れてたとは言えないけど、母がいなきゃうまく暮らせないんですよね。もうギクシャクしちゃって。だって、「おい！」

と言えば、パッとよその女のとこへ行く下駄をサッとそろえて出すんですよ。また「おい！」と言えば、シャボンと洗面器にお湯銭が添えられて出る、ってわけでしょう。だけど、父は素人《しろうと》には絶対手を出しませんでしたね。「あとが面倒くさい」と言うんです。それで十分満ち足りてるほど花柳界《かりゅうかい》でもてましたから。粋な別嬪《べっぴん》が争って身揚《みあ》がりするんです。無料《ただ》ってことね。よく「据《す》え膳《ぜん》だから食ってやるんで、お金出して女を買うなんてみっともない」って言って。だから、年とってからお迎えの俥《くるま》が来なくなったら、ピタリと浮気やめちゃったんですからね。面白い人でしたよ。

そんな父でしたけれども、私は、母のことをあんまり可哀そうな生き方をしたとは思わないんです。父が自分のほうを向いてくれればもっとよかったでしょうけど、自分はどうせお多福だからって諦めて、鬼子母神《きしぼじん》さまみたいに子供を可愛がって……。父は「鬼神のおまつ」だなんて言ってましたけど（笑）。

父はだんだん年とると、浮気もやめたし仕事もなくなるし、家ん中にいてもすることがないわけ。「あいつは五黄《ごおう》の寅《とら》だから強情だけど、俺は卯《うさぎ》年だからな」なんてブツブツ言いながら、母のあとばっかりついて歩いていましたよ。

でも、母には父がどんなに浮気しても、「最後には絶対自分のところへ帰ってくる」という自信があったんですね。だから毅然としていられた。昔の下町のおかみさん、って皆そうだったんですよ。

女子大へ

私は、女学校に行きたいために家庭教師をいたしました。まして、女学校に入ってからは、つまり現役の家庭教師でしょう。現役だから、教えた子が受験すると、うまく受かる子がわりと多いんですよね。そのころになりますと、そろそろ町内の人たちも、娘を女学校へやろうか、男の子は中学ぐらい行かなくちゃというふうになってきて、私は近所で学者の姉ちゃんなんて呼ばれましてね（笑）。一所懸命教えたんですよ。ほんとですよ……。それに、運よく入学する子が多いから、家庭教師として売れちゃったんですよね（拍手）。

そのころは、大学を出て学校の先生になって月給五十五円ぐらい、よければ六十円。それで私は一人五円で教えて……アルバイトですからね、五円でじゅうぶん。でもだんだん生徒がふえちゃって、十人教えていましたから、しめて五十円でしょう。

これはいい商売だと思いましたけれども、そのうちにね、ふと気がついたんです。

私は本を読みたいから学校に行きたいと思った。学校に行きたいからかせいでいる。かせいでいるから、こうやってお金はたまって本が買える。けれども、その本を読む時間がないんですよね。これはちょっとジレンマでしたね。

そのうちにおいおいと役者の家でも、自分の息子も中学へやったほうがいいんじゃないかなと言い出しまして、大名題《おおなだい》の息子の一人が、皆さんご存じの方がおありかもしれませんけれども……数年前に亡くなりました伊藤雄之助《いとうゆうのすけ》さんです。俳優の、ホラ、ちょっと顔の長い……。彼も私の生徒なんです。ちょっと老けてましたけど（笑）。あの人、私の生徒でしてね。父の命令でそこの家へ行って、兄弟と姉の四人を専門に教えることになったんです。それまでうちで教えていた十人の生徒は、そのころ塾が少なかったんですが、その少ない塾の一つに紹介しまして、私は雄之助さん兄弟だけ教えて、その月謝で女子大までまいりました。

ところが、私は……何というんでしょう、家がそういうふうに柔らかい商売だったことが反面教師になりまして、すごくコチコチの青いリンゴだったんですよね。なんでもきちっとしていなきゃいやだったんです。まるで選挙の標語みたいにね、「清く、正しく、美しく」――それが私のモットーでした。

卒業間際に退学

大体私は、女学校の先生になりたいと思っていたんですけれども、それが女子大の師範科に行っているうちに、ひどくがっかりしたことがありましてね。私の尊敬していた先生が、ちょっと意地悪なことをほかの同僚にしたのを見てしまって……、もう私はがっくりしちゃいましてねえ。先生より役者のほうがいいかもしれない、と思ったんです。役者のほうが単純で、喜怒哀楽も激しいし、嫉妬もありますし、面倒なことも多いけれども、それでも、まだ正直なだけいいかもしれない、なんて思っちゃいましてね。築地小劇場に行ったんです。そして、もうあと三月《みつき》で女子大を卒業するというときになって、結局、学校をやめちゃったんです。

でも、私は別に女子大卒という資格が欲しかったわけじゃありませんからね。私、勉強したいから、自分で本が読みたいから学校に行ったんですから。

ですから校長先生が、「あなた芝居へ行ってるそうじゃないか。新劇に出たそうじゃないか。けしからん。あなたは、将来役者になるつもりか。馬の骨になるつもりか」そうおっしゃるから、「先生、違うんです。馬の骨じゃない、馬の足って言うんです」(笑)。ついそう言ったら、校長先生、悲しそうな顔をなさって、「名誉ある日本女子大を、もうすぐ卒業するというのに……新築地劇団とかいうのに入ったそうじゃないか。学校をやめるか、その劇団をやめるか、どっちかにしなさい」とおっしゃって……。

あと三月だから、当然、劇団をやめて学校へもどるとお思いになったんでしょうけど、私、よく考えて、これまでの間、自分でもいろいろ勉強したし、もういいわと思って、すぐに、「一身上の都合により……」という退学届を出しちゃったんですよね。

おかしいと思うかもしれませんけれども、別に肩書が欲しくなけりゃ、ああいうとこ、なんてことないんですよ。自分のやりたいことはもう勉強したんですから……。

新劇運動で監獄へ

それから築地へまいりまして、新劇運動やったんです。そのころからだんだん社会情勢が変わってきまして、左翼的な言辞を弄《ろう》する人が多くなって、私、それまでそういうこと読んだことも見たこともないんですよね、文学少女でしたから。マルクスもレーニンも、名前だけは知っていたけれども、何も読んだことなかった。ただ尊敬していた山本安英《やすえ》さんがいらっしゃるので新築地に入りましたが、そこがだんだんと左翼的になってきたので、私もいつの間にかそれに感化されて、一所懸命、左翼運動をやったんです。

やがて、治安維持法《ちあんいじほう》ができて、私も引っ張られまして、「やめなさい。二度とこういうことをするな」と警察に言われたんですよね。「二度と、こんな悪いことするな」と言われても、悪いかどうかもよくわからなかったんです。だって、ほんとに何も知識がなかったから。これから勉強してみようと思っているときに、「悪いからやめなさい」と言われても、私わからないから、それで、「これから勉強しようと思います」と言ったんですよね。バカ正直というんですね(笑)。

向こうでも驚いちゃって、「しようがないな」ということで起訴されて、それからあなた、私のこと忘れちゃったらしいんですね。みなさん忙しかったようで……。治安維持法ができたから起訴はしたけれど、ホンの雑魚《ざこ》で、もともと何にもしてもいない女の子だし、向こうでもあきれちゃって、とにかく入れとけと言うわけで入ったんですけど、でも、結局一年八カ月も入れられちゃった。忙しくって忘れたんですよ、きっと……。

そのころ市谷《いちがや》にあった……、未決でした。私、しようがないと思ってたんですよね。私は、何といっても雑魚なんだから、もしここで革命というのが起きて、ここへも、だーっとその革命軍の人が押しよせて、助けに来てくれるかもしれないけれども、でも——多分私のことはみんな忘れているだろう——、もっと向こうに偉い人がいるらしいから、そっちへ行っちゃって、私なんかおいていっちゃうんだろうなと思ったんです。それでも仕方がないと思ったんです。あきらめがいいんですよ、江戸っ子というのはね。

とにかく、私は一所懸命やってきたんだし……何でも一所懸命やって、それでだめなら、もうこれは仕方がない。——そう思っていました。そのうちにいろいろなことがございまして、やっぱり革命なんて私には合わない。私は政治的なことはとてもできない。いくらいいことだと思っても、どうしても自分にはできないことがある。私は筋金《すじがね》入りでもないし——とてもだめだって、悩んだ末にやめました。

脇役にしてください

挫折《ざせつ》したあげく——こんどは、映画女優になったんです。だって、しょうがないでしょう。女子大の師範科だってやめちゃったんだから。資格はないし、第一、執行猶予つきの新劇女優なんて、誰もそんなもの雇ってくれる人はいない。映画界はめずらしもの好きで、〝赤い女優〟は面白いって入れてくれましたからね。

昔の〝日活《にっかつ》〟へ入ったんです。今の〝にっかつ〟じゃなくて、昔の日活。京都にございましてね。私ももう二十五歳でしたから、そろそろとうがたってきまして、けれども、それでもまだ今より若いから入れてくれたんでしょう（笑）。

入れてはみたものの、どんな役に使っていいかわからない。お姫さまをやったんだけど、ちっとも似合わないし……（笑）。

そこで私がね、「すみませんけれど、脇役にしてください」と言ったんです。なぜって、私も芝居ものののうちの子でございますから、スターというものが、どんなに大変なものか、主役というものがどんなに大変なものか、そして、どんなに花があってきれいな主役でも、やがて年をとって、その花が衰えて、次の花にパーッと脅かされて、そしてみじめになるということを知り過ぎるくらい知っていたんですよね。

私はいろんなことを……好き勝手なことをしたんだから仕方がないけれども、とにかく一生の自活をするための仕事を持たなくてはならないし、一生女優をやっていくためには、やはり何といっても脇役のほうがいい。こう思ったんです、若い女の計算で。

脇役になるためには、初めパーッとやって、あとで脇役になるのはむずかしい。初めから脇役に……、飯田蝶子《いいだちょうこ》さんみたいに、ああいうふうになりたいと思いまして、私、「脇役にしてください」と言ったら、怒られましたね。昔の日活の偉い人に。「何だ、役者の家に生まれたくせに、せっかく主役をさせてやろうというのに、脇役になって、ちょっと出て楽をしようというつもりか」って……。

そうじゃないんですよ。私には花がありません。スターというのは、花があるんです。花というのは、別にうまくなくてもいい……というとちょっと差し障りがありますが……(笑)とにかく、そのスターがスクリーンに出たときに、みんなが、「ああ、きれい」「ああ、素敵!」「ああ、美しい!」と、うっとりするものがなくちゃいけないんですよ。これは、演技のうまいまずいに関係なく、もちろん、うまけりゃなお結構ですけどね。でも、あまり関係がない（笑）。むしろ、あまりうまくなると人気が落ちるというくらい、そういう花が必要なんです。

私にはそれがまるでない。まるでないうえに、スターになりたいという気もない。だから「脇役にしてください」って、あまりしつこく言うものですから、初めは何本か、二本立ての添え物の主役にしてくれましたけれど、これがあまりよくなかったこともあったんでしょう、向こうも、じゃあ脇役にと、脇役に回してくれたんです。

おかげで、月給百円くれる約束が六十円になっちゃった（笑）。でも六十円だってあなた、学校の先生と同じくらいですから。私は一所懸命やりましたよ。

トーキー初期の思い出

そのころの映画界は、ちょうどトーキーになるかならないか、という時代でしてね。今は方言ばやりで、私も山形弁、鹿児島弁などいろいろやっておりますけれども、当時、トーキーでは、なんといっても標準語がもてはやされておりました。

「ダイヤ」というんですよ。ダイヤローグ、セリフですね。「あの女の子のダイヤはどうかね」なんて言われたもんです。私は東京弁ですから、いいということになりまして——といったって、ほかに能があるわけじゃないから、とにかく一所懸命セリフを覚えました。それまでの無声映画では、みんな、何かきれいな画面で、じっと涙をためて、口を開くと、そこでタイトルが出ちゃうんですよね。そして弁士が、「彼女の目には涙……」というようなことを言う。だから、役者はセリフなんて覚えなくてもよかったんです。セリフを覚える習慣がないものですから、今度トーキーになったから覚えろと言われたって、急にはできませんよね。

ことに、私と一緒に亭主役をする人なんかは、昔の古い方でね、まったくセリフなんか覚えたこともない方が多かったんです。

ある日、まだ女優になっていくらもたたないときですが、ある俳優さんと夫婦役をやったんです。その方は、ま、どちらかというと、荒っぽい方でございまして、とてもうまい人でしたけれどもね。その人と夫婦げんかするんです。夫婦げんかをして、お互いにののしり合ったりするんですけれども、相手はセリフを忘れちゃうんですよね。出てこない。渡辺邦男《わたなべくにお》さんという監督さんでして、その方が、ご自分もトーキーは初めてだし、かーっとなって、一所懸命やってるのに役者がセリフをつっかえてばかりいるでしょ。「中止。

本日中止。あしたちゃんと覚えてこい」ということになりましたの。

そして、帰ろうとしたら、その亭主役の方が「沢村、ちょっと来い」こう言うんですね。「はい」大道具の裏へ連れて行かれまして、「この野郎」って、こわい顔して——「まったくもう、だから学ありの女優は嫌いだよ。自分ばかりセリフ覚えてきやがって。あした覚えてきてみろ。ただでおかないから」こう言うんです（笑）。

私は考えちゃいましてね。何しろ新米の女優ですから、それに、私は脇役ですからね、セリフ覚えてこなかったら、役なんか誰もくれやしませんよ。それをあなた、覚えてこなかったら監督に叱られるし、覚えてくりゃあ、亭主役がこわい。この方、わりと暴れる方だから恐ろしい。

（どうしようか）と、いろいろ考えましてね。家へ帰って、お酒を買いまして、おさかなを買いまして、その相手役の俳優さんのお宅へ伺《うかが》ったんです。そこの奥さんが江戸っ子で、カラッとした方だってこと知ってましたからね。

そしてその奥さんに、「まことに申し訳ないんですけれども、私は女優になりたてで、慣れないものですから、どうしてもうまくいかないんです。あしたやるところがうまくいかないと、また監督さんに叱られますから、おけいこしていただけないでしょうか」こう言ったんです。

そうしたらその奥さんが、「わかったわよ」って……その奥さんも、一所懸命ご亭主に覚えさせようと思ってもちっとも覚えないので、相手役の新人女優さんも——私のことですが（笑）、さぞや困っていることだろうと、ちゃんと察していらっしゃる。「いいわよ、言ってあげるからお入り」と言ってくれました。

「あんた、この子もこんなに頼んでるんだからさ、けいこつけてやんなさいよ」と、こう言うんですよね。「バカ、うちでまでそんなことできるか」「そんなこと言わないで。可哀そうじゃないの」うまくとりなしてくださいまして、それで、奥さんが台本を持って控えてる。

私がこう、なるべくつっかえるようにして（笑）セリフを言うと、彼のセリフは、奥さんがつけるからすらっと言うでしょう。そういうふうにして何度も何度もやっているうちに、なんとか、ね……。十度も二十度もやれば、たいてい覚えますよ、誰でも（笑）。結局、その方は、すっかり覚えてしまいました。

「どうもありがとうございました」「ウン、ま、しっかりやれよ」てなもんで家へ帰りました。

翌日、撮影がはじまったら、そこのところがパーッとうまくいっちゃって、監督は大変なご機嫌。「よし、この調子で次もやろう」ということになりまして、それからは私のことを、その方がとてもかばってくださいましてね。

大学出の女優

何しろもう昔のことですからね。今ではもう大学出の俳優さんがほとんどですけれども、昔は、そんなあなた、大学のすみっこにちょろちょろいたような女が役者になったたってんで、何でもかんでも、あいつは生意気だ、生意気だ、の一点張り。うっかり俳優部屋にある新聞の社説を読んでたら先輩女優に、「皆さま、沢村貞子さんは社説を読んでますよ。学がある人は違いますね」ってマイクで放送されちゃう（笑）。困っちゃうんですよね。

昔の撮影所は、冬は非常に寒いし、反対に夏は非常に暑いというのが当たり前のことでして、セットはいつでも、夏は暑く、冬は寒い。夏は汗ぐらい我慢しますけれども、寒いときは、みなさんライトをあっちからこっちへ移す間、小さい石油缶にたくさん穴を開けて、そこに炭をいれて、みんな寄り集まって、その上に手をかざしているんです。

映画は、待つのが長いんですよね。「待つ間も月給のうち」というくらい、役者はいつも待っていたもんです。「はい、いいよ」ってよばれてから行くんですからね。カメラは一台ですから、その一台を押して、ライトをしっかり直す間、みんな石油缶火鉢に集まってね、世間話をするんです。

寄るとさわるとっていうけれど、何と言っても差し障りのないのは柔らかい話ですよね。その中でも古い役者さんが、「この間、こいつがこう言った」「この間あいつがああだった」ってもう、おもしろおかしくみんなを笑わしている。

私、うしろのほうでそーっと小さくなっているんですけれど、困っちゃうんですよね。大きな声で笑うには経験が浅い。そうかといって笑わなきゃ、ツンとすましていて生意気だといわれる。しようがないから、顔だけこんなふうに、作り笑いをして……（笑）。いつでも笑ってる。白い歯を出してね（笑）。

そのうちに、「はいどうぞ」と言われて、みんな行っちゃう。私もあわてて行こうとするんだけれど、唇がうまく下がらない。ずーっと作り笑いつづけてたから、歯が乾き過ぎちゃったのね。しようがないから、つばきでそうっと歯をぬらして、唇をこうおろして、「はいお待ちどうさまでした」と、こういうふうになる。そのくらい気をつかったもんです。

ところが、なかでもうるさいといわれている、私の亭主役をしたその方が、あるとき、みんなが私のことを「生意気だ」とか、なんとかかんとか言ってたら、「おい、そういじめるな。沢村には俺がついてるんだから」なんて言ってくださるようになりましてね。世の中うまくできていますよね（笑）。

こんなふうにして、私は脇役になって、それからまあ、なんとか今日までやってきました。

前向き七十点、横向きは……

ある日、大変、口うるさいと評判のあるカメラマン――アメリカで長いことやって帰国されたという、腕のいい方で、いい監督さんでなきゃつかないというような方ですが、私の出てる作品ではなくて、ほかの映画を撮るために撮影所にいらした。その方が私のことを、「あの女は変わっていて、自分から脇役の志願をした」なんて話を聞いたらしいんです。

その方と食堂で顔を合わせますと、「おい」と言うんですよね。「はい」と私が答えますと、「映画のスターというのはあちこち動くんだから、写真みたいにじっとして、いいところ、いい顔だけ見せてるわけじゃない。ほうぼう動くんだから、前が百点でも横を向いたら八十点、こっち向いたら七十点なんていうのはだめなんだ。正面向いたとき百点でなくても、どちらを向いても九十点というほうがいいんだ。あんた、利口だよ」こう言って、行っちゃったんですよね。

あんな偉い人が、私に声をかけてくれたのは、どういうことなんだろう——そうか、つまり私の脇役志望はよかったって言ってくださったというわけか、こう思いまして、家へ帰ってよーく鏡を見ますと、なるほど私は、前を見ると七十点ぐらいはつけられますよね（笑）、わりと色が白いから。七難《しちなん》隠しているでしょ。ところが、ちょいと横を向きますと、おでこだし、鼻がたれてる。こっちを見ると目が下がってる。「ははあ、なるほどねえ」前は七十点でも、横向きは五十点。五十点、これはやっぱし、お前が脇役を選んだのは正解だ、という意味だなと思って、とっても、うれしくなっちゃって。それからは、私は脇役なんだし、どっちに向いたっていいんだからとなおさら気が楽になりました。以後、私は、ずっと脇役に精を出しておりました（笑）。

脇役人生のコツ

ところが、とってもきれいな人で、長い間主役をつづけている女優さんがいらっしゃいました。世の中にこんなきれいな人がいるのかと、その人と一緒に出ますと、神様がよっぽど機嫌のいいときに、生まれたのでしょうね（笑）、うっとり見とれるほどでした。白い肌、真っ黒な眼、紅い唇――そばにいるだけで、こちらまでしあわせな気分になるほどだったんです。

それが――いろいろなことがあって、三十何年かのちに、ヒョッとその方にお逢いする機会があって――アッと思いました。

六十すぎると――やっぱりねえ。あれだけの美しさは顔のすべてのバランスが微妙にととのっていたんですねえ。それが――年とともにホンのちょっと変わって――その大スターも沢村貞子も同じようなものになったんです（笑）。なるほどね、年をとると同じなんだな。どっちもどっちで、ウーンとうなりました。

やっぱり、私は脇役を望んだのが正解だったと思います。ただし、脇役というのは、きれいな花のそばにいて、枝を出したり、葉を繁らしたりして、その花をひき立てなくちゃいけないんです。

たとえば、脇役が主役と一緒になって、「あら、あの人その友禅《ゆうぜん》着るの。じゃあ私はこっちの友禅着るわ」これはだめなんです。向こうさまが派手な紫を着たら、私はなるべく黒っぽいものを着るようにいたします。このシーンでは主役は何を着るのかを聞いて、それに合わせて目立たないようなものを選ぶ。

そして、その主役がニッコリしてきれいにしているときにもしも次のセリフをお忘れでしたら、そっと目立たないようにそれをささやいてあげる。つまり枝葉ですからね。そういうことができなきゃだめなんです。

だから、これでむずかしいんですよ、脇役というのは。どんどん年はとっていくし、せっかくの主役が脇役の人がまずいためにうまくいかなかった、なんて言われたら、私はすぐクビになります。若さも美貌もないのに、クビになっては困りますからね（笑）。ですから私は、自分に幾つかのことを守るように決めているんですよ。

時間厳守とセリフ覚え

私が、今までなんとか脇役としてやってこられたのは、まず、時間に遅れないこと。意外に遅れる方が多いんですよね、皆さん。スターはしようがないですよ、スターは（笑）。それも、花のあるスターは、甘やかされているところがまたいいとこなんですから、仕方ない。

でも、私はだめ。絶対に時間に遅れちゃだめ。どんなことがあっても時間厳守。少なくとも決められた時間の十分前には、ちゃんと到着していなくちゃいけないんです。支度もすっかりすませて、仕事の開始を待っています。

それから、セリフをちゃんと覚えるということ。セリフを覚えなくちゃしようがない。ところが、年をとってまいりますと、だんだん記憶力が薄れるんですよね。困っちゃいますよ、これは何とかしなくちゃ。それで私は、「もしセリフを覚えられなくなれば、もう仕事はなくなるのだぞ。クビになるのだぞ。私には若さも美貌もないのだから」――とこう自分に言い聞かせるんです。

人間って、不思議なもんですね。「火事場のバカ力」とよくいいますけど、いざとなると、いつもは持てない重いものが、さっと持てちゃう。私の場合の火事場のバカ力は、「クビになると仕事がない」ということなんです。そう思いまして、きちんとセリフだけは覚えるんです。

私が、まあ年のわりにはよくセリフを覚えるものですから、ほかの方は、私の記憶力がいいんだと思いちがいしてらっしゃる。でもほんとのところは、私、とっても忘れっぽいんですよ。たとえば顔合わせのとき演出家に、「はじめまして」って挨拶しようとすると、私のマネージャーにすぐ後ろから小さい声で、「沢村さん初めてじゃないですよ。この方の演出で出たことがありますよ」と注意されちゃう。

そのくらい人の名前と顔を覚えない。これはね、名前も顔も覚えなくても、「年だから仕方がない。セリフ以外のものだったらかんにんして……」と、こう自分で許してるものだから、ほかのことはちっとも覚えやしないんですよ。名前も顔も覚えないし、道なんかぜんぜんだめ。でも、セリフだけは覚える。人間てほんとに勝手なもんだと思います。この目にパーッと映るんですよね、そのときに。このセリフだけはどうしても覚えなきゃならないと思うと……。

年より若く見える秘訣《ひけつ》

それから、人に対して、「あの人がああ言った」とか「この人がこう言った」とか、そんなことを一切気にしないことね。それはありますよ、あなた。皆さんのお宅でも、そういうことあるかもしれませんし、仕事場でもあるでしょうし、お友だちの間でもあるでしょう。

とにかく、誰も彼もお気に入りっていうわけにはいかないんですから。どうしたって、仲のいい人もいれば気の合わない人もいる。それから、いくら仲がいいと思ってた人でも、「あら、あの人、あなたのこと、この間こんなふうに言ったわよ」——なんていうときもあります。まして私は、そういうことの多い芸能界……芸能界なんて言葉、いつからできたんでしょうね。あまり好きじゃないけど。とにかくその芸能界におります。

芸能界ってところは、とにかく一人の役者がだめになれば、別の一人がちゃんとその役者の席につけるんですから。だからあまり——あの人はいつまでも健康で、いつまでもセリフ忘れないでやってらっしゃるから、ほんとによかった——とは思ってはいません(笑)。

「少しはセリフ忘れるようになればよいのに」とか、「たまには寝込んでもいいのに」と、そのくらいは思いますよ(笑)。そうすれば、その役を自分ができるんだから。ですから、自分が思うってことは、人も思ってるってことですよ。だから、人のことばっかり、「あの人はこう言って、こうした」と気にしちゃだめ。自分だってかなり思ってますよ。心の中では、ね。

人は人、自分は自分というけど、一番いけないのは、いいことはみんな自分のせい、悪いことはみんな他人のせいと思うこと——。そういうこと思わないようにしなけりゃいけませんよね。

もし人に意地悪されたり、嫌なことを言われて、私ががっくりしてしょげてしまったら、向こうはいい気持ちですよね(笑)。「ほうら、言ってやった。フン」なんて思うでしょうね。これ、つまんないと思いませんか。さんざん意地悪をされた上に、向こうをいい気持ちにさせるなんて法はないと思うんです。

ですから私は、意地悪されてもこっちがしょげさえしなきゃ、向こうはそれで、「がっくり」でしょ(笑)。これを風流戦法といいまして、私はそういうのを発明しました。

昔ほら、時代劇の市川右太衛門《いちかわうたえもん》さんが、おでこに傷をつけた美男で、早乙女《さおとめ》何とかいうの——悪い奴をみんなサッサッサッと斬るでしょう、いくら出てきても、みんな斬っちゃう。それでサッと剣をおさめてスッスッと行っちゃう。

これですよね。何を言われたってこっちがちっとも気にしなけりゃ、向こうはがっくりなんです。意地悪された上に向こうをいい気持ちにさせるなんてばかばかしいから、ぱっぱっぱっ、着物のホコリをはらって、何を言われても気にしないんです。なんでも、「あっ、そう」、ほめられても「あっ、そう」、けなされても「あっ、そう」(笑)。

そして家へ帰って、夜、床の中でよく考えるんです。——うん、たしかにあの人の言うことは、敵ながらあっぱれだな。なるほど、私にはそういうところあるな。あそこは直したほうがいいな。あるいは、あの人、何を言ってるのかな。そんなことばかばかしい。まあ承《うけたまわ》っておきましょう、とか、あんなこと忘れましょう。知らん顔ということです。そういうふうに、自分でよく、選択をしましてね、必要なものだけ使って、いらないものは捨てちゃう。あとは、ぜんぜん気にしない。

私がもし年より若く見えるとしたら、そこですね。人の言うことを気にしないんです。そして、そのくせ裏方さんの言うこと、たとえば衣裳屋さんの言うこと、髪結《かみゆい》さんの言うこともよおく聞くんです。

だって、人が見ておかしいと思ったことは、たしかにどこかおかしいんですよ。「あの人なんかに言われることないわ」と思うことはありません。役者ですから、皆さんに見せてるんだから、人が見てなーるほどと思うとこは、たいていいいとこがあるんです。〝選ぶ〟って、いいことは使い、悪いことは捨てる。あとは気にしないことです。一所懸命やって、それでできなかったらしようがありませんからね。だから私、ずっとこのまま、年をとって、最後に、「はい、一所懸命やりましたからごめんなさい」――幕を閉じよう、と思ってるんですよね(笑)。

人間て一所懸命やるしかないんじゃないんですか。私がずっと毎日、こうして脇役でつとめてられるのは、ただそれだけのことだと思うんです。

第三章　食べることの楽しさ

やわらかいトマト

この間、NHKテレビの「食べものふしぎ？　ふしぎ！」を見ていて、ドキンとしちゃいました。――画面いっぱいに、見事に熟《う》れた赤いトマト……。

(ああ、おいしそう。私の好きなトマト――こういうのが食べたいわ)

ぱあっと太陽に照らされて熟した真っ赤なトマトですから、ほんとにおいしそう。誰だって、ガブリとかみつきたいと思うでしょ。ところがですよ、そういうよく熟れたトマトを全部よりすぐって、捨てているんですね。驚いちゃいました。

「あっ、八百屋さんにないないと思ってたら、ここにあったのね」と思わず叫んでしまったんです。ところが、そのおいしそうな赤いトマトをみんな、トラックで捨てているというじゃありませんか。私、ほんとにびっくりしちゃいましたよ。

つやつやと真っ赤な、やわらかい完熟トマトは、商品にならないというんですよ。規格どおりの重さと大きさで、水分のない、まだ青くて固いトマトだけが選ばれて、きれいに箱詰めされて、市場に送られるんですって。

そう。ヘタのほうが、三分とか四分とかまだ青くなくちゃいけない。つまり、サンドイッチの中に切って入れられるものでなくちゃいけない。それから、お料理のそばにそえて、形が崩れないものでなければいけない。要するに、ちょっと固めでなければいけない。やわらかくちゃいけないんですね？

八百屋さんで「やわらかいトマトをちょうだい」と言ったら、「ありません」でしょう。それはおかしいと思うんですよ。でも、とにかく、そういうことになっているのね。

その話をしたら、「スモールトマトをうちのベランダで作るとおいしい」と言うの。なぜかというと、よく熟してからとれるからと、美容院の人が教えてくれたのね。「あっ、そうか。熟すまで置いとけるからね」って。

それで、家で作ってみたんです。ちっちゃいけど、やっぱりおいしいですよ、木で熟したものは。みずみずしくって、甘みがあってね。

世の中、こんなに食べ物がいっぱいあふれてるっていうのに、お日さまの光で真っ赤に熟した、ほんとのトマトの味のするのは、この小さいトマトだけかと思うと、なんだか悲しいような、情けないような。ほんとに不思議だと思いません？

果物でも野菜でも、とにかく新鮮なのがなにより。自然にさからって、まだ熟してもいないのに、青くて固いのを箱に詰めるなんて、トマトが可哀そうですよ。

へボ胡瓜《きゅうり》と四角い西瓜《すいか》

お料理をおいしく作るためには、もちろん味つけも大事ですけど、なんたってやっぱり、お野菜だとかお魚だとか、材料の鮮度ってのが一番じゃないかしら。形じゃなくって、質ですよね。

昔は、胡瓜《きゅうり》っていえばだいたいへボ胡瓜でした。このごろは、「このキューリ、こんなに曲がってるけど食べられるの？」って八百屋さんに聞く人があるんですってね。だから、農家でも今では板で囲んで、箱詰めしやすいようにまっすぐな胡瓜にしてしまう。両側を板ではさまれて、さぞ胡瓜も窮屈なことでしょうね。そんなことされたら、味だってうまくないと思うけど、でも、まっすぐな胡瓜じゃないと売れないから、しかたないんですって……。

曲がったヘボ胡瓜は、第一、農協でも受け取ってくれないんですってね。長さもちゃんと決まってるんですって。どうして、そんな、同じものばっかり皆さん、食べるんでしょうね。不思議でしようがない。

それから、四角い西瓜が作られているそうですね。「冷蔵庫に入れるのに便利ですよ。ころがらないから」——さいころじゃあるまいし、四角い西瓜なんて。西瓜はやっぱり、まあーるいほうがおいしそう。

本ものがだんだんなくなってしまうなんて、やな世の中になりましたね。

私の〝献立日記〟

私、毎日〝献立日記〟をつけていますの。昭和四十一年からはじめましたので、もう二十年になります。毎朝、書き損じの原稿用紙の裏やメモ用紙に〝今日の献立〟を書いておきまして、その晩か次の日に大学ノートへ清書しておくのがもう長年の習慣です。

今ではもう二十六冊にもなっちゃいました。

「奥さん、今日は何にしましょう?」通いのお手伝いさんから、買い物の催促をされて、たまたま仕事に出掛ける前で、セリフが大変だなあ、と思ってるときでしたから、これこれって言ったら、

「あら、昨日と同じものですよ」

ところが、いくら考えても、二、三日前と同じお料理しか思いつかないんです。

昨日は何を食べたかしら——主菜はね、たとえば、おさしみ食べたとか、しゃぶしゃぶ食べたとかは思い出しますよ。だけど、この取り合わせというのが大事なのね、献立というのは。それに何を添えるか、おみおつけの実なんていうのは忘れちゃうんです。昨日もワカメ、今日もワカメじゃあ困るんですよ。

「ええと、昨日は何だっけな、何だっけな」と考えて、「ああ、そうか」昨日の献立を書いておいて、それを見りゃあいいんだなと、こう思ったわけです。これが、私の〝献立日記〟のはじまりです。

一年前の献立

時間に追われると、どうしてもノートに清書する分が溜まってしまって、一週間分を一ぺんに清書するなんてこともありましたが、ともかく二十年間、つづけてまいりました。今では、その日のうちに書かないと気がすまない。生きがいみたいなものですね。どんなことを書くかといいますとね、そんな大層なもんじゃありませんけど、その日のお料理はもちろんですが、天候と温度、それにほんのひと言、夫婦の体の調子なんかも書き添えておきますの。

こうしておけば、昨日は何を食べたか、三日前は何だったたか、一週間前は……というふうにノートを見ればすぐにわかります。そうすれば、「昨日と同じもの」なんてこともなくなりますからね。

はじめは、同じものを作らないための覚え書だったものが、一年たってみますと、別の利用法もあることに気がつきました。

今日は何にしたらいいか、なかなか献立が決まらないときがあります。そういうときには、ちょうど一年前の献立を見るんです。一年前だから、主人も忘れています。季節も合っています。菜の花なんて、特別のことがないと、思いつきませんが、ノートを見れば、書いてあるから、「そうだ、菜の花のおひたしを添えよう」って——。

それで、一年前と同じものにしてもいいし、ちょっと変化をつければもっといいでしょ。一年前より歯が悪くなっているかもしれない。そういったことまで考えれば、お料理にいろいろな工夫ができますし、とっても便利。若い方には是非、今日からおすすめしたいですね。

ま、たとえば——こんな具合です。朝食は、その日の暑さ寒さ、お天気によって、パン、ご飯、おかゆなどと変化をつけていますが、必ずサラダを食べますの。それも主人とふたりで、どんぶりいっぱい。材料の野菜は、冷蔵庫の野菜を手当たり次第きざんで、色よく盛りつけ、手製のマヨネーズやドレッシングをたっぷり添えます。

朝食——パン、牛乳、目玉やき。サラダ（レタス、リンゴ、人参、胡瓜、セロリ、トマトなど）。

夜食——芝えび、貝柱、うす切りごぼう、さつま芋のかき揚げ。ひじきと油揚げの煮つけ。花豆の甘煮。里芋と柚子《ゆず》のおみおつけ。食後の果物（リンゴ、柿）。

その翌日は、ビーフカツを主菜にして多少洋風に——また次の日は、すずきにほうぼう、野菜いろいろとりまぜての魚ちり……。

二十歳からおとろえ始めるといわれる体力と、二十五歳までしか発達しない記憶力を、この年で多少とももたせたいと願う私の健康食なんですよ。お医者さんから、なるべくたくさんの種類の食べものを食べなくちゃいけないと言われて、あるとき数えてみたら、うちは結構三十種ぐらい食べているんですね、一日に。それで大病しないいんじゃないかなあと思いますね。

教える料理と教わる料理

このごろの親御さん、あまり娘さんにお料理を教えてあげてないんじゃないかしら。

私の場合は、小学校へ入る前、五歳ぐらいから家事をやらされていました。兄も弟も子役だったから、母が芝居小屋についていってしまうでしょ。うちが留守になるんです。それで、私が晩ご飯の支度をしておかなければなりませんでした。それで小学校に上がる前から、台所仕事を仕込まれていたんです。

まずお米のとぎ方を教わって、昔の重い鉄のお釜《かま》にお米を入れて、「よいしょ、よいしょ」ととぎました。それから、いろいろな煮方をだんだん教わって……。

お料理って、教えるほうも結構、大変なんですよね。

今、私は仕事に出ますから、通いのお手伝いさんに、手とり足とり私ごのみの料理を覚えてもらっています。もう十年になりますので、ものによっては私よりも上手なんですよ。もし、うちのお手伝いさんが、私のような〝献立日記〟をつけているとしたら、きっと、「大根一本、××円」なんて、そのときの買い物のお値段やなんかもメモしているんじゃないかしら。だとしたら、とってもすばらしい〝花嫁帖〟になると思います（笑）。

でも、最初は大変でしたよ。「そうじゃないのよ。こうやるんだって言ったでしょ。ちょっとそこどいて。私がやるから」と、つい面倒になって、自分でやってしまいます。しかし、これではいつまでたっても覚えてもらえません。きっと母が私を仕込むのも、さぞや大変だったと思うんです。同じことを何度もやらせて、自分では手を出さないようにして……。

これが功を奏しまして、私は小学校から帰ってくると、みんなの晩ご飯の支度をしたり、お弁当をこしらえて弟のところへ持っていって、そこで母と交代するようになりました。

そんな調子でしたから、ここをこうすれば、こうなるんだということを、しぜんに覚えてしまったんですよ。

料理に変化をつける

昔、帝劇で女優劇をやっていたころに、「今日もコロッケ、あすもコロッケ」という歌がはやったんですよね。「ワイフもらってうれしかったけど……」というんでしょう。あのころは、きっとコロッケって、めずらしいご馳走だったと思います。はっきり言って私も、「へえ、コロッケって食べてみたいな」と思いました。だけど「今日もコロッケ、あすもコロッケ、これじゃあ年がら年じゅうコロッケ」ってつづくとなると、ハズバンドもゲッソリですよね。

私は、主人が「あ、うまいなあ」と言っても、翌日は出さないんです。「もうあれないの?」と言っても、「あれで、おしまい」と言ってなるべく出さないようにします。ちょっとね——何でもそうですけどね。役者でも、あまり出過ぎちゃあね。ちょっと足りないくらいがいいんでしょうね。変化、変化ね。

お料理には、この変化がとても大事なんですよ。いくらおいしいものでも、毎日毎日では、あきてしまいますよね。

長い間、夫婦が同じ顔でいつも向き合って食べていて、その上いつも同じお料理じゃ、嫌になっちゃうでしょう。まさか、そうそう連れ合いをかえるのも無理な話だけど、でもお料理なら、いろいろ変えることができます。ちょっとずつでも変化をつけなければね。

だから、私、同じものを二度つづけて出すことはしないようにしているんです。

たとえば、和食がつづいたあとは——年寄りはどうしても和食が多いから——ときどきはフランス料理とまでは言わないけれども、フランス風お料理ね。あるいは中華風なお料理ね。それからお魚が続いたら、ちょっと野菜料理にするとか、湯豆腐にするとか、変化をつけることが何より大事ですね。

「昨日は一口も残さずに食べてくれたから、今日も同じものにしましょう」——これでは困りますね。いくらおいしくっても、毎日、同じものを出されれば、げっぷが出てしまいます。

食卓の変化

それから、――お料理の変化のほかに、私は、よくお皿を変えたり、テーブルクロスを変えたりもします。

変化が起きると、なんとなく食欲がわいてくるものですからね。テーブルクロスを変えるのなんか、安上がりでとてもいいと思いますよ。食べ物は、目でも食べますものね。うちの食堂からは、小さな庭が見えますが、ときには椅子の位置を変えて、庭を見えないようにしてしまうこともあります。これも一つの変化でしょ。

若い人は、食欲旺盛だから、一つのお皿にいろいろなものが盛ってあっても食べられるけど、年寄りはそうはいかない。だんだん食欲がなくなるから、まず目で食べるように工夫しなきゃね。

あまり派手なお皿はだめね。お料理を殺してしまいます。素人料理をおいしそうに見せるためには、中が白っぽいものとか、ブルーの無地などを使うこと――そういうお皿に、色合いのいい料理を入れると、目で見るだけで食べたくなりますものね。

昔の年寄りは、食が細くなると大体そのままにしちゃってたから、栄養もかたよるし、足らないしで腰が曲がったり、早死にした人も多いけど、今は、長生きするというのは、食べ物のせいが随分あると思うんです。

昔は、お年寄りは「もうお年寄りになったら、そんなものを食べないほうがいいんですよ」なんて言われて、何を食べちゃいけないとか、脂が多いからトロのおさしみ食べちゃいけないとか制限されて……。「もうお年寄りですから」ってまるでおいしいものは食べちゃいけないような気にさせられたんじゃないかしら。

おいしく食べるには

ところで、食べたらおいしいのに、見た目にはまずそうなお料理というのは、とても損だと思いませんか。それでは、食べる前に唾液が分泌しませんしね。ですから私は、今日の料理は赤が欲しいなと思えば、人参の花型に切ったのを添えてみたり、黄色が足りないと思えば、菜の花をあしらってみたり、できるだけおいしく見せるよう工夫します。

おいしそうに見えると、人間の神経は、おいしいというほうに作用するものなんですね。ほんとうは、そんなにおいしくなくっても、おいしそうに見えると、食べたとき、「おいしいなあ」って感じてしまうのですね。

食器も工夫次第——買ったばかりの灰皿だって、きれいなものなら、私は食器として利用してしまいます。人間はしょっちゅうごまかされていますが、こういうことなら、多少ごまかされたっていいんじゃないかしら。

ご主人のおつむが少し薄くなったとき、「おれ、最近、薄くなったろ」と言われて、「ええ、ほんとに薄くなったわね」——（笑）。これではご主人はがっくりして食欲など吹っとんでしまいますよ。「そんなことないわよ。ロマンス・グレーで、前より素敵よ」と答えてあげればいいんです。このくらいのごまかしなら、神様も許してくれると思いますよ。

わが家の容れ物なんてわずかなものですよ。無駄なものは置かないで、必要品しかないですからね。それをあれこれと必ず取りかえて変化をつけているんです。そんなに一々しなくても、と思うほど取りかえるんですよ。

お料理をおいしくいただくのは、なにも料理そのものだけではありません。間食《かんしょく》を控えめにすることも必要です。

うちにお客さまがいらしたとき、夕食をさしあげるお客さんの場合、三時ごろには先に出しておいたものはすべて下げてしまって、お茶だけにしておきます。四時、五時になるとお腹がすいてくるでしょう。これでいいんです。

歓待のつもりで、ケーキだのお菓子だのをいっぱい出し、「さあ、ご飯です」と言ったって、おいしくありません。うなぎ屋さんに行くと、さんざ匂いをかがせておいて、長いこと待たせて、やっと「おまちどおさま」と運んでくるでしょ。あの間合いですね。待たせるのも味つけのひとつなんです。これでお宅の料理は、一割がた、とくをしますよ。おいしいものでお腹がいっぱいになると、優しくなりません？ 気持ちが——人に対して意地悪な気持ちってあまりなくなりますよ。食べ物というのはほんとに大切だと思います。「食べ物の恨みは何とか——」と言いますでしょう、ほんとうにそう。

戦争で食べ物がだんだんなくなったころに、ある歌舞伎の役者さんの内弟子が奥さんを殺すという事件が起きました。「俺には食べ物をくれない！」——それが原因でした。そのぐらい食べ物の恨みは恐ろしい。

私も食べ物がないときにさんざん苦労して、ある村でやっとこさっとこ小麦粉を売ってくれるというから、大島の着物を持って行ったら、それがふすまだったなんてね。小麦の皮のそのふすまを油でいためて食べるんです。その油がまたヤシの油でしょう。

買いに行くったって、それも遠くまで行くんです。そうすると「今度はお召《めし》持ってこい」とか、「絣《かすり》を持ってこい」とか、勝手なことを言うんです。そのお百姓さんは……。小麦粉をくれるというから持って行ったのにね……。ふすまっていうのは、ニワトリの餌ですよ。

人間って、おいしいものを食べると幸せになりますよね。ところが、まずいものを、「どうしてもこれを食べなくちゃいけませんよ」なんて言われて食べて、こういうものって、身になるのかしらん。身にも皮にもならないって、昔の言葉でよく言うけれど、身にはならない、栄養にはならないような気がします。だから、やっぱり食べ物は、「ああ、うまいなあ」と思わなくちゃだめね。

私なんか、お魚屋さんに、「お宅みたいに、こんなに買う家は少ないですよ」と言われちゃうけど、わりと買うんです。でもね、ほかのものをぜいたくしないから、食べ物はたっぷり食べられます。たとえば、ダイヤモンドを買わないで、その分をずっと食べてたらね、かなり食べられるわけでしょ。私は、そういうふうにしているわけ。そのほうがいいと思っているんです。

ダイヤモンドをあの世に持って行っても、何の価値もないでしょう。そう思いません？仮に、この世でダイヤモンドを持っていても、体が弱くなっちゃって、ご馳走も食べられないほど年とっちゃったらしようがないでしょう。そう思うと、食べ物はぜいたくしてもいいと思うんです。いろいろな種類のものを食べることね。私はこれが好きだからこれ、と言って同じものばかり食べていたら、やっぱりだめなんです。

だから、いろいろなものをこしらえて、そして、それを目で食べる工夫をする。すこし黄色が足りないなと思ったら、菜の花をちょっと入れるとか、あるいはたくあんでもいいわ。それをちょっと刻んで、さらして、添えるとか。とにかく、卵の黄身でもいいし、何かしら黄色のものをちょっと入れて、目で、「あっ、おいしそうだな」と思うようにごまかして食べると、「あら、うまいわね」と思えば、唾液がひとりでに出てくるでしょう。そうすると、身にも皮にもなるような気がするから不思議です。年寄りの食事の場合には、そういうことにも気をつけなくちゃいけませんよね。

二人で一丁の冷ややっこ

お料理というのは、主菜とつけ合わせのバランスが大事なのね。洋風のお料理におさしみ、これは、だめです。

着物と帯の関係と同じでしてね。違う取り合わせだけれども、どっか一点共通するというようなことでやらないといけないんですよね。取り合わせというのは……。色めも味もね。きょうは和風と決めたら、いくら洋風じゃないといってもチャーシューを添えたら、柄が崩れちゃうわけでしょう。だから、同じ和風で違うもの、そうすると、これに何を取り合わせたらいいか。

ちょいとわかんなくなったら、私の場合は、前にお話ししたように、古い〝献立日記〟を引っぱりだして、おなじ月、おなじ日のところをパッとめくれば、たちまち思案がつきますから便利です。

取り合わせがいいからって、同じ種類のものが重なるのは、いけませんよ。たとえば、「今晩、フライにしよう」と思いたって、まずトンカツを揚げますよね。それからアジのフライをやって、イカをやって、それからナスを揚げてと、いろいろなのを全部揚げちゃうわけですよ。それを皿の上にみんな盛ってくるんですよね。どうせ揚げるんだからって、何でも揚げちゃって、それでおしまい、というのではだめですね。

やっぱり、添え物はぜんぜん違うものにしないとね。私は、それがうるさいんです。これに何を添えるか、そのための献立でしょう。きょうは、トンカツにしようというときは、揚げるのはトンカツだけ。そして、それに何を添えるかということを考えるわけ。揚げ物は添えないというふうにしないとね。じゃないと、フライだけでお腹一杯になっちゃうでしょ。

それからトンカツにもいろいろあるでしょう。たとえば、トンカツっていったら、まずパン粉ね。朝、パンを食べたら、耳が残ったりするでしょう。全部置いてあるんですよ、私。冷凍してあるわけ。それを砕いてパン粉にするんです。細かく切りまして、粉々ではなくちょっと粗めなパン粉です。それで揚げるとぜんぜん味が違いますよ。ベタッていうトンカツとは違うんですね。

パンは一枚を全部、食べないわけですよ、年寄りは……。そうすると、半端が残るでしょ。そういう残ったパンを、たまには揚げてお砂糖つけて食べたりしますけど、パンというのは、三日目にパン粉にしたのがいちばんいいのね。それを使うとベタッとくっつかなくて、パラパラとつくからおいしく揚がる。できあがったら、温めといたお皿にトンカツをのせて、その手前には、添えものの野菜をね。キャベツやレタスを細かく切ったり、ピーマンや、それからキヌサヤをゆでたりしてね、いろいろといろどりよく添えて、野菜をたくさん食べてもらう。あとはサラダ。フルーツサラダもいいわね。そして、最後のご飯はちょっと塩ジャケでも焼いとけば、塩ジャケとお新香でお茶づけでも、というふうに、いろどりよく取り合わせができるでしょ。

トンカツに豚汁じゃあ、どうしようもないですものね。

いくらご主人がお豆腐が好きだからといったって、湯豆腐に豆腐のおみおつけでも困るわね。それに麻婆《マーボ》豆腐がついたんじゃ、——もっとも、お豆腐だけを食べさせる有名なお店もありますけれど、そのお店は特別のお豆腐ですからね。……滝川豆腐、あんかけ、炒り豆腐、揚げ豆腐、田楽など十数種類もの豆腐料理がありますが、家庭では愛情は一ぺんに出さずに少しずつ、二人で一丁の冷ややっこを食べたときに味わいが出るんですよ。

うちなんか、ネギの入った料理が二つあると、「これダブってるよ」と言われちゃう（笑）。

一年じゅう旬《しゅん》の青豆

お料理に季節感を盛るためにも、旬《しゅん》のものを大事にしたいですね。例によって、〝献立日記〟をパラパラめくりながら、「ぼつぼつ青豆の季節ね」とか、「あっ、もうソラマメが出ているはずよ」とやってます。

私など始終買い物に行っていられないために、〝献立日記〟を参考にして、旬を大事にしてますね。このごろは、何でも、いつでも食べられて、つまりませんね。みんなビニールハウスでこしらえるんだから、旬もへったくれもないと思いますけれども、やっぱり露《ろ》地物《じもの》が出てくるのを待つわけです。

だから、お手伝いさんも慣れちゃって、いくらは、しりのソラマメが出ても、「ソラマメ出てる？」と言うと、「出てますけど、まだだめですよ」と、こういうわけよね。もう、訓練が行き届いてますから。それで、「もう、おいしそうになりましたよ」という旬のときには、ちょうど安くなっているときなんですから、そのときにウンと買うんです。青豆でも十キロぐらい買っちゃうんです。そして冷凍しておくんです。

うちは豆がわりと好きだし、健康のためにも食べたほうがいいんです。でも、どういうわけか、グリーンピースの缶詰めというのは色が悪くて、べちゃっとなっちゃってて、あまりよくないんですよ。ですから、青豆が旬のときに十キロぐらい買っちゃう。露地物がばあんと出盛りのときにね。そしてそれをみんなむきましてね、ほどよくゆでるわけ。ほどよくというのは、つぶれない程度で、固くもないというくらいにね。あとで使うときにもう一ぺん、お湯にお塩を入れてそこでパアッと温めたときにちょうどよくなるという程度にゆでとく。

それをわが家で一回に使う分量ずつに分けて、小さいビニール袋に入れまして、冷ましてから冷凍庫に入れてとっとくんです。食べたいときに一袋ずつ出して一年じゅう使うわけ。それを、お客さまがあるときには二袋とか三袋とか出していく。一ぺんにたくさんまとめて冷凍庫に入れとくと、半分出して半分使うというのはだめなのね。この冷凍の解凍も、電子レンジでパッとやると簡単だけど、うちは自然解凍にしています。だから、朝、献立を考えたときに、使おうと思ったら、すぐ出しておくんです。そして大体よくなったら、料理するときまで、冷蔵庫に入れておく。

こうすると、一年じゅう、旬のままの青豆が食べられるんですよ。不思議なほど味が変わりません。ご存じと思いますが、冷凍庫にはいろんな使い方があるんですね。

うちは、冷凍庫をとても利用しますけれども、冷凍食品を買ったのは入れてない。みんなうちで作ったのを入れる。お餅なんかもそうですよ。

お餅は、のし餅をお正月に頼みますよね。なにしろ年寄りですから、そんなにどんどん食べられない。ですから、そののし餅を持って来たとたんにね、まだやわらかくてとても切りにくいというときに、大根を輪切りにしてそこに置きまして、包丁でその大根をちょっと切るわけ。お餅がべたつくのを大根の輪切りでふきとっては切ってね、全部切ってしまいます。包丁のべたつきは、ふきんでふきとるより、大根の輪切りを使ったほうが、きれいにとれます。そしてそのお餅を一つ一つビニールで包むんです。一個ずつね。不思議なことにね、そうして冷凍したものはことしの冬過ぎても、まったく同じとは言えないけれども、とってもやわらかいままなんです、そのお餅が。

盛りつけの工夫

それから、お料理の盛りつけ——いくらおいしいものでも食べきれないほどドサッと出したんでは、せっかくのご馳走も台なしです。

なんでも、ほどほどにね。「もうちょっと食べたいな」というくらいがちょうどいい。この間、おそばを二把ゆでて、私が一把の三分の二食べて、主人に一把と三分の一を出したら、「もうないの?」と言うのね。「もうおしまい、今日はこれだけしかゆでてないから」と言うわけです。

食べ物というのはね、ちょっと足りないと思って追い炊きすると、追い炊きができたころには不思議にお腹が一杯になっちゃうもんなんですよ(笑)。今は口がうまくても、少したつとお腹が一杯になって、もう要らなくなっちゃうんです。だから、初めにおおよそと思ったものを、量をよく考えて、これぐらいと思ったらそういうようにして、あとは「ごめんなさい。もうないの」というふうにしないとね。

さっきのお豆腐の話と同じで、いくら好物でも同じものばかりでも困るし、食べる量も少しずついろいろとね。まあ面倒くさいと言えば面倒くさいんですけど、でも、大きな病気したくないでしょ。そう思うとね、結構いろいろと楽しんでこしらえて、それでうまいと思って、お腹が一杯になって、優しい心になったらいいんじゃないかと思ってます。食べ物には私とっても熱心なんです。

とにかく、盛りつけというのは、見た目に、べたっ、ごちゃっとやったら、おいしくなさそうに見えてげんなりします。さっきも言ったように、黄色を添えるとか、緑をあしらうというふうにね、おいしそうだなと思わせることが盛りつけのコツですよ。

この人は大体二切れぐらいしか食べないだろうと思ったら、二切れにする。それを三切れ盛りつけて、一つ残すようにしたらよくない。まあまあという程度に、腹七分目になるぐらいにしておくのが何でもおいしくいただくコツです。おもしろいもんですね。

「ふろふかず大根」の知恵

料理というものは、作りたてでなくちゃだめ。たった今できたてというのがいいんですよね。たとえば、おさしみでも、切っておいて冷蔵庫に入れといたのを食べるのと、さくを切って、すぐ出したのと、どっちがうまいかというと、それはもう今、切って出したほうがうまい。何でも、料理のしたてというのが肝心――もちろん、天ぷらなんかそうですわね。だけど、ほかの何でもないものでも、煮物だって煮たてがおいしいわけ。ふろふき大根でも、そう。はい、今、煮えました、というのが一番おいしい。

おこうこだって、先に切ってテーブルに出しておけば早いわけ、自分も一緒に食べられるでしょう。でも、「おこうこ……」と言いそうなときにぱっと出したい。大体メインのものを食べて、最後にお茶づけを食べるときに、「はい」と出すとおいしいでしょう。そう思うと、つい、「用意ドン」でおいしく食べてもらおうと思っちゃう。そこにお漬け物のお皿も出ているし、まな板も包丁もあるんだけれども、切ってないというわけです。それを主人が食べたいだろうと思ったときにサッと切って、「はい、どうぞ」と私は出したいのよ。これはほとんど病気ですね。

ふろふき大根みたいなのは、食事中のちょうどいいときに出すでしょう。私の分はよそってあるわけだから、いざ、自分が食べるときは、吹かなくても食べられるわけですよ、冷めちゃって……だから、私の分は「ふろふかず大根」になってますね。

ばかばかしいと思うこともありますけれども、やっぱり、人がおいしいなと思ってくればうれしいということが料理人にはありますよね。私は、別に料理人というほどではないけれども、でも、お料理をこしらえるものはそう思いますね。

料理というのは、そういう楽しさがあるんじゃないかしら。「どう？　おいしいでしょう」と言うわね。で、向こうが「うまい」と言うと、得意になったりする。おいしいと思わない料理なんていうのは、味気ない。——料理屋で気取って食べていたらどうもうまくありませんね。いくらおいしいお料理でも、「あっ、なるほど……」なんて、ブツブツ言いながら食べていたら、うまくないでしょ。おいしいお料理は、私は気楽に、楽しく食べたいと思っちゃうんですよ。

料理屋と自分流の違い

テレビの料理番組なんかで、お料理を食べる方が、いつも「おいしい」と言って食べてますよね。それで、ある俳優さんでしたけれども、「こないだのあれ、ほんとに、おいしかったの？」と聞いたらば、「いや、実はね、あの料理だけども、あれは自分の家で自分流に作って食べたほうがおいしい」と。だから、ああいう料理を料理屋さんで食べても、そんなにおいしいものじゃないと言っていましたけれども。

そりゃあそうですよ。いくらおいしいものでも、食べたり、見せたり、いろいろして、「ああ」というときにはもう何度か食べてるというのね。それで一日に一軒じゃないから、いろいろなものを食べたりすると、お腹が一杯になっちゃうと……。

まあ、あれは仕事だから仕方がないけど、どんなにおいしい料理でも、一日に何回も食べたら飽きちゃうってことですよ。だから、お料理屋さんでおいしいものを食べて来て、それを真似てわが家で食べるのは、気楽に食べるという点ではいいんですね。年をとると、気楽に食べたいわけですよ。年寄りはぐちゃぐちゃとかんだりするでしょう。そういうのって、ちょっとカッコ悪いじゃない。お料理屋さんで、人の目を気にしてぐちゃぐちゃとかまないでサッと飲み込んだりしたらうまくないですよ。

天ぷらの手順

天ぷらを素人の人がするときには、つい油がもったいないと思ってね、一つ入れるでしょう、二つ入れるでしょう、「あっ、まだ入る」――三つ、四つ、五つと一ぺんに入れちゃうけれど、それじゃいけないのね。やっぱり天ぷら屋さんに教わってみると、泳ぐぐらいね。ちょっと入れてみて、それがふうっと泳ぐぐらい。まあ、せいぜい三つぐらいなんですよね。あとからあとから入れると、温度が下がっていっちゃうんです。だから三つぐらい入れて、揚がったらあと天かすをとってから、また三つぐらいというふうにやっていくんです。

野菜ものは肉なんかよりも少し弱い火で、ゆっくり揚げなくちゃいけないとか、そういうことをいろいろ聞いたり、教わったり、やってみたりして知ってくると、つまり、手順がよくなくちゃいけないということになるわけ。それが、「あっ、大変だ、大変だ、天ぷらができたのに、天つゆ忘れた」というんじゃだめですよね。天つゆは天つゆで先にこしらえておいて、トロ火でもってちょっと温めておいて、その天つゆがちょうどよくなり、大根おろしも、油が煮え立つ間に――大根おろしというのは、置いといたら意味がないですからね。おろしたてでなくちゃおいしくないんだから。それで、あと残ったからあした食べましょうというんじゃ、そんな大根おろしはジアスターゼがなくなってだめなんです。だから、油が煮え立つ間に大根おろしをおろします。天つゆがちょうどよくなったころにね。

ただ残念なのは、料理人である私は冷めたのしか食べられないけど、まあ、しようがないですね、これは。おいしいものを作ろうと思ったら、そういうふうに手順をよくしないといけないんです。だから、料理にとりかかる前に、何と何が要る、これとこれだと、器をまずみんな出して、その器もちょっと、温めたほうがいいものはお湯につけておくとかね。ビフテキを冷たいお皿に盛って出したり、おそうめんを温かいガラス鉢に入れて出したりという、そういう人は信じられない。やっぱりおそうめんにしようと思ったら、まず冷蔵庫へガラスの器を入れといて、手に取ったときに、あっ、冷たいなと思うぐらいにするとおいしい。ビフテキは、せっかくちょうどよく焼いても、冷たいお皿の上にデンとのせたら、もうそれだけ冷めちゃう。お肉を焼いている間にお皿をお湯の中につけといて、それで、はい、できましたよと、ちゃんとふいてそこへのせるというわけです。これは、当たり前のことですよ。

夫と一緒に私たちも昔は随分、ほうぼうへ食べに行きました。そのときいろいろ教わったり、自分の目で見たり、考えたりしたものですが、このごろは外へ行くのも面倒くさくなるし、年をとって人に物を食べるとこを見られるのが嫌だから、外であまり食べないけれども、その分、いろいろと家で楽しむわけ。家事っていうのは、楽しみですよ、一つの。なんてったって、楽しまなくちゃあ。

ピクルスのかわりにラッキョウ

おいしく食べたい——とあれこれ、工夫をしているうちに、いつのまにかわが家ごのみの手づくりのものがいくつか……なかでもうちに、お見えの方々にわりに評判がいいのは、お酢なんです。男の方は大体、酸っぱいものがあんまりお好きじゃないようですが、わが家の旦那も、やっぱりだめなんです。でも、お酢は体にいいんですよね。

それでなんとかお酢のものを食べてもらおうと思って、いろいろとやったんですよ。お酢のあのツンとしたにおいが嫌らしいんですね。だから、そのツンとしたにおいをなくすためには、どうしたらいいだろうと考えたら、おいしいお酢をこしらえといてお料理に使ったらいいじゃないか、こう思ったわけです。

うちは幸い、梅の実がたくさんなりまして、以前には梅干しをこしらえてたんですけど。もうくたびれちゃって、このごろは梅干しはおいしいところから送ってもらうということにしているものだから、梅干しはつくらない。

梅酒はつくってますから、そのあとあまるわけ。だから、梅酒を二本つくるところを一本にして、一本に米酢を入れて、それに蜂蜜を入れてみたんです。氷砂糖でもいいんですけれども、蜂蜜がちょうどありましたので、蜂蜜を入れて——梅というのは、どうしたってしばらく置かないと熟《な》れませんからね。まあ半年ぐらい置けばいいだろうなと思って、六カ月後に飲んでみたら、あのツンがなくて、すごくこれが受けましたの。だから、ちょっとした考えでそういうのができるんですね。ただし、早く取り出してはだめ。六カ月間、ジックリ、ねかせておくことです。

とくにこの酢でちらし鮨をこしらえてお弁当にしてロケーションなんかに持って行きますと、みんな「うまい、うまい」と言うのね。これは随分、女優さんたちに、いろいろこういうふうにしたらいい、ああいうふうにしたらいいとお教えしましたよ。香山美子《かやまよしこ》さんなんか、「成功成功、大成功」なんて手紙をくれました。旦那の友だちが来て、お鮨をこしらえるときなんか、ちらし鮨なんて簡単でしょう。そのとき、このお酢だと、みんなうまいと言うから、これはとてもいいと思いますよ。それをわりとたっぷり使うんです。でも、ツンとしません。こんなふうにいろいろ考えるということね。これでなければだめだ、というふうにきめつけてしまうことはないと思うの。

たとえばの話が、胡瓜《きゅうり》のピクルスがなくてこのお料理はできないと言っている方を見て、「あら、それならラッキョウを使えばいいんじゃないの」と、こう思うわけです。お魚の焼いたのにピクルスがないからと言うから、「ピクルスなきゃあ、ラッキョウでいいじゃないの」と言ったら、「ああ、そうね」って感心してたけど、いろいろとやってみるということ。やってみて、だめだったらやめりゃあいいんだから。だめでもともとです。

ただ、何とかしておいしくこしらえようと思っていろいろやってみると、結構いろんなこと思いつくんですよ。どうぞ、みなさんもわが家ならではのすてきなお料理をいろいろと工夫なさってください。

人参がさっと切れる包丁

包丁とまな板のお話をしましょう。わが家の台所には、包丁が十五本とまな板が四枚あります。

よく、「沢村さんとこはいいわね。うちは一本しかない」とおっしゃる方がいるんですが、外で飲むコーヒーを我慢して、うちで紅茶を飲んでいれば、一カ月で包丁が一本買えるんですよ。一本買えば、二十年もつんですよ。やっぱり弘法《こうぼう》大師じゃないから、筆を選ばないとね。

包丁はいろんな種類があったほうが便利ですね。いろいろなものを切るのに。これはパン切り、これは薄刃、これはおさしみ包丁、それから出刃ね。まだいろいろあります。

包丁は少なくとも一カ月に一回は研《と》ぎます。本当は二十日に一度にしたいのですが、十五本もあるから大変です。うちの研ぎは、粗砥《あらと》と、中砥と、仕上げと三つあって、それでもって研ぐようになっている。研ぐっていうのはむずかしいんですよ。お手伝いさんはもう長いことといて、お料理はとても上手なんだけれども、まだ研ぎだけはさせられません。刃がなくなっちゃったら困りますのでね。

私はかなりそそっかしい研ぎ方ですけれど、十五本、研ぐのに一時間半ぐらいかかります。乾いたふきんを敷きまして、研いでは一本ずつふきんの上に並べていくわけ。それであとでまたまたひっくり返して、裏側も乾かすわけ。

それから、やっぱり研いだら〝献立日記〟に書いておくわけ。包丁はいつ研いだということをね。書いとかないと忘れちゃいますから。一カ月がギリギリってとこです。うちは人参のしっぽなんかをとってありましてね。研いではちょっと切ってみるんです。古い人参というのは、固くってとってても切りにくいのね。そのしっぽがスッスッと切れるようなら、これは刃がいいわけよ。人参がなければ大根を使うときもあるけれど。「人参がありますよ」と、お手伝いさんがちゃんととっといてくれるの。そのしなびた人参をこうして切ってみて、研ぎ具合をみるんです。人参がさっと切れれば大丈夫。大根はスイスイ切れますけど。

でもね、気持ちがいいですよ、研ぐというのは。スイと切れるとね。その次に自分がススッと桂《かつら》むきか何かして切れると、いい気持ちね。だから、研ぐということに慣れるのはいいことじゃないんですか。慣れですよ。初めはピタッと砥石にくっつけて、後ろをほんの一ミリほど上げて研ぐとかね。

「なにさ、あの大根女優!」

そしてまな板も──「まな板は要らない」と言う人がいるかもしれないけれども、うちじゃあ、まな板が四枚あります。「野菜」用、「魚」用とちゃんとわきに書いてあるの。あと、小さいのが二つね。ほんのちょっとネギ切るのに、こんな大きいので切って洗うことないでしょ。それに、別々にしないとにおいが移るでしょう、生臭いにおいが。

包丁でもね、使ったらすぐに洗って、乾いた布でふいてすぐしまっちゃう。手を切るといけないし、さびないように。野菜でも肉でもいっしょのまな板を使いますと、どうしてもにおいがしみるわね。まな板に刃があたって疵《きず》がつくから、そこへにおいがしみ込んじゃって具合が悪い。そうなったら、大工さんが来たときに削ってもらったり、もうだめだと思うと、旦那の盆栽の下に敷くものに使ってもらって、新しいのを買う、そういうふうにしているんです。

このごろは、プラスチック製のまな板もあるようですけれど、うまく切れるのかしらね。なんだか刃が浮くような気がして……。使ったことないからよくわからないけれども。

それからザルね、うちはザルは全部竹製です。プラスチックのだと水切りが悪いのよね。ところが、竹はチャッチャッとこうやると、水がよく切れる。だから、うちは全部、竹です。竹のほうが早く傷みますけどね。そのときは、またコーヒー代を倹約ってわけ。竹のザルはいろいろな形がいっぱいあってたのしいですよ。

それに、確かに便利ですよ、竹のほうが。水切りも、並べるのにも、どっちにしても……。どうなんでしょうね、プラスチックのザルって……本当はいいのかもしれないけどね。でも表面張力で水切りが悪いということは事実よ。ほかにいいことがあるのかもしれませんけどねえ。竹のほうがもちは悪いんですが……。やっぱり昔の人はうまく考えているわね。それぞれの目の粗さでやることが違うでしょう。

でもね、包丁とかまな板とかって、とても愉しいもんですよ。誰でもときどきはストレスがたまって、イライラするでしょ。そんなとき、人間は思うようにいかないけども、大根は思うように切られてくれる。まな板が平らで、包丁が切れさえすればね（笑）。

お仕事をやっていると、たまには不愉快なこともありますよ。そういうときは、家に帰ってきて、パッと着替え、口をゆすいで手を洗い、襷《たすき》をかけます。それで、大根を出してきて、切る。そのとき、「なにさ、あの大根女優!」なんて悪口を言いながら切る(笑)。自分の大根ぶりはたなにあげて……気持ちがいいですよ。うちの包丁はよく切れますからね——。

ひと味違うご飯の炊き方

ご飯は、日本人の食事の主役ですからね。ご飯をおいしく炊くのは、大事なことですよ。まず、お米を量って桶にいれ、たっぷりの水でヌカを洗い落とします。このとき手早くしないと、お米にヌカのにおいがしみこんでしまいます。いそいで三回ほど水をかえたら、シャッ、シャッと、リズミカルにといで、洗い流して、またシャッ、シャッ、シャッ……。

こうして三、四回といだお米を、竹のザルに上げて、一〜二時間おきます。とぎたてをすぐ炊いちゃだめです。ザルで水を切らなくちゃ。下に受けを置いておくと余分な水が溜まりますからね。一〜二時間してお米を量ってごらんなさい。必ず二割方違います。お米が膨《ふく》らんでいるんです。ちょうどよく膨らむんですよ。

といだお米を最初から水につけておいたら膨らみ過ぎちゃって、でれっとしたお米になっちゃう。ところが、といでからザルに上げて置いておきますと、濡れて、水を含《ふく》んで、ちょうどいい具合にお米が膨らみます。だから炊く前には少なくとも一時間は水を切って置いときます。置いとくというのは、水につけとくのではなくて、ザルに上げてですよ。共働きの家庭では、ザルに上げて一時間なんて面倒なことはできない、という声も聞こえてきそうです。でも、週に一度、休日くらいは、このやり方でやってみたらいかがでしょうか。ご飯の味の違いに気がつくことで、あなたの味覚がもうひとつ豊かになりますよ。

さて、火にかけるため、といだお米をお釜にあけました……。突然ながら、ここで温度計の登場です。

台所には、温度計がかけてあるのです。それが、ご飯を炊くのといったいどういう関係があるのかしら、と思うかもしれません。

これが実は水加減の目安になるんですよ。夏の暑い日は、すこし固めのご飯のほうがおいしいんです。

秋の新米の出はじめのころは水を少なめにしてと、季節の移り変わりとともに、水加減を増やしたり減らしたりも大切ですが、その日の体調や天候によって水加減に変化をもたせるためです。

おひつと炊飯器

そうそう、お米をとぐのは、もちろん十分とがないといけませんね。

この間、記者の方が「こんなにといだらビタミンB_1がなくなっちゃう」と言うから、「ビタミンB_1が欲しければ、ビタミンB_1を飲めばいいわよ」と言ったんです。ビタミンB_1はほかのもので取ればいい。私はお米でビタミンB_1を取ろうとは思わない。これは、おいしく食べたいと思うからなんです。ご飯は主食なんだから、おいしくいただかなくちゃ。

おいしく炊くためには、ようくといで、そして何回も何回も水をかえて、それをザルに上げてね、そして少なくとも一時間ぐらい水を切っておく。その間に、お米がちょうどよく水を含んで膨らむ……。さっき言ったように、分量が二割方ふえているというわけです。それを、炊くときに初めて水にいれてやるわけよね。太っている人もやせている人もいて違いますけれども、お米の上をそっと掌で押えて、水はその手のくるぶしまでっていえばおおよその見当がつくでしょう。お米が二合だったら、大体二合ちょっとぐらいの水というふうに、そのお宅の好き好きで水加減して——うちはこのごろ少しずつ水の量がふえたのは、年寄りになってきたからでしょうね。昔はご飯がやわらかいと随分文句を言ったものですけど、このごろはやわらかめのほうがいいようです。

そういうふうに水加減をして火をつける。うちは今は、ガス炊飯器を使っていますけど、炊きあがったら、もう一ぺんパッと火を最後に大きくして、熱くしてすぐ消して蒸らす。蒸らすのは絶対必要なのね。少なくとも十五分から二十分は必ず蒸らさなくちゃあね。といって、そのままいつまでも置いたら、固まっちゃうでしょう。十五分ぐらい蒸らしたら、その次にしゃもじで少しずつすくうんです、風を通すんです。風を入れて、空気を吸わせてやるという感じでね。

これは、昔の人はうまくやっていたと思いますよ。お釜から、杉のおひつに移すでしょ。そのとき少しずつすくうから、それで空気に当たるわけ。空気に当たると、ご飯がおいしくなるんですよ。

うちなんか今、おひつは使ってないんですよね。二人分しか炊かないし。だから、ガス炊飯器の中からそのまま、少しずつすくってほぐすわけ。ご飯に空気を吸わせるっていうとおかしいけれど、やっぱりご飯も酸素が好きなんですね。

その上にふきんをのせて、これでもう一ぺんふたをしておく。そうすると、余計な水分をふきんが吸って、ちょうどよくなります。そしてお茶碗によそうときも、「よそえばいいんでしょう」なんて、一度にガバッとよそわないこと。一ぺん空気を当てたご飯を、また少しずつよそうということを忘れないでください。いく度も言うけれど、ご飯に空気を吸わせるだけで、ひと味おいしくなるんですよ。

炊飯器は、食事が終わったらすぐスイッチを切ったほうがいいと思いますよ。切らないと湯気がそのままべちゃっとおっこちちゃって、温かいけどまずいでしょ。これはもう、残っちゃったら残っちゃったでとめちゃってね、そして翌日、これを温めなおして食べるようにする。

翌日ふかし釜でふかすときも、食べる人があまり気がつかないくらい上手にふかせますよ。これはね、お湯をふかし釜の中で沸騰させてから、そこへご飯を入れます。そのご飯の真ん中に穴をあけまして、湯気があがるようにして、ガスを細くしてゆっくり蒸らして、もうすぐ蒸れるなと思ったらまた消して、さっきと同じ炊いたご飯と同じように、必ずふきんをかけてふたをもう一ぺんする。そうすると余計な水分が取れる。それを少しずつよそってあげると、わりとごまかしがきく。工夫して手をかけること。慣れるとだんだん早くなりますしね。

さて、こうして一回ご飯を食べて、ぴったり食べ終わることもあるけれども、お茶碗に一杯分とか半分くらい、残ることも少なくありません。それは今、言いましたように、ふかして翌日食べるか、さもなければ二、三日分ためておいて、炒めご飯や雑炊にする。それから、残りご飯で非常用保存食を作ってみることもあるんですよ。

これは電気鉄板焼器を熱くしておいて、水で手を濡らしてご飯を取って、丁寧に鉄板の上にひとかわ並べに並べるんです。レースのようにね。油はひきません。中火でこんがり焼いて、フライ返しで返して両面をよく焼く。これを冷まして、パラパラになったのを缶に入れてとっておくんです。戦国時代の焼米みたいなものね。うちにはこれがどっさりあるから、いざというときも大丈夫。

台所こそわがお城

洗いものにも工夫がありますね。能率的な洗い方があるわけです。この間、ある女性マネージャーが「お料理は好きだけど、後始末が困っちゃう」というので、お話ししたんですけど——。

まず洗いものを分けます。

いきなり、どんどん洗い桶に入れないの。洗い桶にお湯を出しておきまして、食卓から台所へ持って行ったのを分けるんです。たとえば、油物とそうじゃないものというふうにね。簡単に洗えるもの、つぎに壊れやすいもの、油のついたお皿というふうに端から分けておきます。洗い桶にお湯を一杯にして、あと出しっ放しにして、ひとまずガス中毒にならないようにファンを回しときましょう。そして、一番汚れが少ないもの、たとえばご飯茶碗なんかをまず先に洗う。一度にばさっと入れないで、一つずつ入れては洗って、そしてお湯で仕上げをしてそれをザルに伏せて、それをリズミカルにやるから簡単にできちゃうの。次に、少し汚れている――たとえば、煮物がまわりにくっついているような食器をお湯で下洗いします。それから磨きずなをつけて外で洗ってから、中のお湯でごしごしやって、最後にお湯で仕上げをして伏せる。そういうふうに順序よくやります。

「男子厨房《ちゅうぼう》に入るべからず」なんて言いますが、このごろは私が年とってかわいそうだといって、うちの旦那も後かたづけのときには、手伝ってくれるようになりました。

旦那も慣れてきて、汚れたものとそうでないものとを別々に置いてくれますよ。汚れたものの上に汚れたものを重ねないことが大切ですね。重ねますと、二枚目の皿の底の部分に一枚目の皿の油がついちゃうでしょ。それで一枚ずつばらばらに並べておいて、一枚ずつジャーと外で洗うんです。そのあと、今度はきれいなお湯で洗うというふうに順序よくリズミカルにやりますと、簡単にできちゃうわけ。

旦那がふくのも手伝ってくれるから、はかどりますよ。やっぱり心得て、壊れ物を先にふいて、それを一つずつしまうというふうにね。それから塗り物なんかは、一番先に洗ってふいといて、翌朝まで乾かしておかなきゃいけないから、ずっと食卓に並べておく。家事は、いってみれば手順なんですよ。

後始末をきちんとするのは、次においしいものを作るための準備だと思っていますからね。

着物のしまい方と同じで、準備をしとかなきゃあね、「あーあ、汚いものはなかなか取れないし、ガックリしちゃう」――。そういうふうに思って、投げやりになっては、明日お困りになるでしょ。自分が手慣れてくれば、簡単な手順ですみますし、そしてしまうところも、自分が出しやすいように。これはここ、あれはそこと決めておくんです。そうすれば、次に出すときだって、いつものように、あれはここ、これはここと、こうなるでしょう。だから、自分の支配下に置いとけばいいわけね。

スッキリときれいにかたづいた台所は――わが城です。

第四章　すてがたい和風の暮らし

着物の魅力と着付け

私、以前はかなり洋服を着ていたんですよ。それはね、洋服でなくちゃ、とてもあがきが悪いでしょう。今は京都に新幹線で三時間で行けるけど、昔は夜行ですからね。しかもかけ持ちが多かったから。

寝台に乗るでしょう。かなわないのよ、これがね。皆さんが起きないうちにそっと起きて、そして床の上に風呂敷を敷いて、長襦袢《ながじゅばん》を着て帯を締めてというのは、ほんとにたいへんだった。それでやっぱり、とってもこれはだめだからというので、かなり洋服を着ていました。洋服なら、さっと寝台の中で着替えられますものね。

いつごろでしたか、弟の加東大介の兵隊のときの友だちが洋服屋を始めましてね。「とてもうまいから」と言って弟が連れて行ってくれたんですよ。「姉さん、洋服を着るんなら、格好のいいのを着たほうがいいよ」って言うので、行ったのね。

そこでしばらく話していたら、洋服屋さんのご主人が私をジッと眺めて「申し訳ありませんけれども、僕にはできないなあ」と言うのよ。「そうですか」——私はそんなにひどくて、洋服も着られないのかと、ちらっと思ったの。そのとき、私は結城《ゆうき》の絣《かすり》を着ていたんです。そしたら、それがとってもよく似合うと言うのね。

「私は沢村さんが入って来たときから、いいなと思った。とても洋服で、沢村さんにいいなと思えるものは、私の力ではできない」こう言うのよね。

私は古い女だから、和服は子供のときから着つけているから、そういう着付けを自分でやることができるから何とか見ていただけるけど、洋服の場合はもっと気楽に考えていただいて、「あがきのいい洋服を」と言ってなんとかこしらえてもらったんですよね。かなりぶつぶつ言っていましたよ、むずかしいとかね……。でも、いろいろやってくださった。ところが「どうしても洋服だと三文下がるね——」と、こう言うわけなんです（笑）。

それでだんだん自分も、嫌いになってしまったんです。もう十七、八年になりますかね。それまでは、洋服と両方だったんです。どっちかと言えば洋服のほうが多いくらいでしたね。けれど、だんだん年をとってきますと、年寄りの洋服というのはなかなかいいのがないわけですね。両方というのは経済的にも大変だし——。

それに靴下がいやなんです。足袋《たび》のほうが具合がよろしいの。肌着も木綿のほうがいいんですよ。晒《さらし》で体に合うようにピチッと自分で縫うんですよ。おこしもね。

着物は風通しがいいんですよね。ゆったり着ますから。袖口や身八つから風がはいるし……だんだん年をとってくると、自分の欠点を和服のほうが隠してくれる。何しろ、足が曲がってるし、ひざが曲がってるし、胴が長いし、太らなくていいところが太っちゃったりしてね、うまくいきませんね。私は典型的な日本の女で、肩が落ちていますし、足が短いけど、着物ですと、自分の着方でもってどうにかうまくごまかせるでしょう。とにかく、アラを隠すには着物のほうがいいんですよ。ただ、手入れが面倒だから、皆さん着ないようですけれども……ね。

着物は楽に着ること

私は、今では、着物ばっかりになりました。冬は、ひざから下は暖かいし、洋服では、夏はまず、ノーストッキングとはいかないでしょう。すると、あのベタッと靴下がくっつくのが嫌なんですね。そして、袖口でも何でも、ピタッとしまるのがどうもやっぱり嫌でね……。そこへいくと、和服のほうは自分で薄い肌着を木綿でもって自分の体に合わせてこしらえといて、着物は仕立てのとき大体寸法を決めたら、あとは着方でしょう。

自分に似合う着方、これが大事なんですね。仮縫いがないんだから。今までもう少し上へ帯を締めてたけど、これはもうちょっと下のほうがいいかしらとか、襟元はギューギューつめて首をしめるようにしたら、年寄りはやっぱりおかしいし、ゆっくりめに合わせたほうがいい、とか。あんまり半襟を出し過ぎるとヤボったくなるし、また、あまり抜くといかにも物欲しそうな格好になって、これもいけないわね。

自分の着方というものをいろいろ考えて、そして「そのコツは?」と聞かれたら、「楽に着るということ」とお答えしましょう。

長年、人の着物姿も見ているし、自分のも見ているんだから、「私にはこれがいいとこね」と思うところを決めて、紐をなるたけ少なく使って、楽に着て、いつでも着物の中で体が動くように、そういうふうに着ないとね。自分が苦しいと思って着ていて、人がいいと思うはずがありませんよね。

成人式とか卒業式なんかに、お嬢さんがたが一年に一回という感じで着物を着てますね。街でみかけると、「ああ、気の毒ねえ」と思っちゃうんです。俵みたいにギューギュー紐でゆわかれてね。

それは、一つのこういう形がいいというものを、モデルさんでも女優さんでも、あるいは若い人でも、そういうのを見て、それに自分を合わせようと思うでしょう。でも、それは無理ですよね。肩のいかっている人もあれば、下がっている人もあるし、胸の大きい人も小さい人もあるんだし、それを一つの形に合わせようとしたって、この考えはぜんぜん無理ですよ。

それでも洋服だったらね、そういううまい洋服屋さんが、ここのところへちょっとパッドを入れてとかこしらえて、それをすぽっとかぶればいいんですけど、和服は、そのたびに自分が仮縫いをしているのと同じなんですからね。

だから、理想は自分に似合う、そして何とかこれでいけると思うくらいの程度で諦めないと、——最高を考えていらっしゃってはだめですよ。

世の中のベストのものに近づこう、というのではなくて、自分のベストを心掛けることなんですよ。

いつかあるテレビで、ドラマじゃないですけどもね、とってもきれいなお嬢さんが出てきまして、司会の方が「沢村さん、このお嬢さんはどなただと思いますか」と言うから、「きっとミス何とかのお方でしょう」と言ったら、「当たりました」って……。ミス何とかだということがすぐわかったのは、その人は今にも息がとまりそうな顔をしていたからです。足りないところをいろいろと補充して、ギューギュー、恐らく五〜六本以上紐を締めていたでしょうね(笑)。

紐はそんなに要らないんですよね。長襦袢の上に一本、腰紐が一本、それから着物の上に伊達締《だてじめ》が一本、それしか私はしてないんです。それくらいでとまる程度にしておくわけ。朝から晩までそれだったら、やっぱり多少動くと着崩れますけどもね、慣れると、腰紐の位置さえ決まっていれば、そんなに崩れるものじゃない。若い方の振り袖の着付け、ああいうふうにするのは、ちょっとかわいそうね。そういう点がむずかしいのね、着物というのは。

自分の姿を決めるのは、自分の目と頭

それから、「着物の着方がわからないわ」って言う方が大勢いらっしゃる。着方がわからないったって、袖は通すものだし、襟は合わせるものですしね。だから、どの辺でとい

うことがわからないんじゃないかしら。どの辺にしたらいいかしらということが……。そして、少なくともこれが一番いいだろうと思って、それに近づけようと思ってぐるぐるしたらだめ。気楽に着ること、自分の体が動くように。そこで締めなくちゃあ。

そうかといって、どうでもいいと思ってもいけない。まあまあこんなものでしょう、と思う程度にしなければいけないんだと思いますね。だから、着方がわからないと言われても、これは着てみるよりしようがないですね。

ある若い女優さんに、着物の着付けをしてあげて、「あなた、ここが腰骨だからこの辺のところでどう?」と言ったら、「ああ、そこなら楽です」って言うのね。そういうところを着せてみて、「これはどう?」「それならいいですね、息ができますね」と言うから、まあ息のできない着物なんか着てもしようがない。そういうふうにして、だんだん幾度も着て慣れるよりしようがないんですよね、これはね。

着方というのはねえ、これは歌舞伎の女形の人なんかよく研究していますけれど、さっき言ったように半襟の出し方の幅でも違うし、それから昔の吉原の人なんていうのは、襟元をぐずぐずに着てね、客が胸の間から手を入れるとスッと入るのが遊女の着方、芸者さんの着方は、入りそうに見えて、客がふざけて胸元に手を入れると、そこまでしか入らない。それから素人の方は、初めから入らないように。しかし、ギュッと首をしめるように着てはいけない。多少のゆるみがあるという程度にはしなくちゃね——そうでしょ？　私の父なんか、自分がさんざん遊んだくせに、私が着物の襟をちょっと抜くと、「そんなに抜くな」と、叱ったものです。そこの程度がむずかしい。

今の人は、女優さんもみんなそうですけど、時代劇やるときに、襦袢《じゅばん》の襟に固い芯を入れて、襟を固く厚くして着る方が多いんですね。だけどそういうもんじゃない、半襟というものは、着物の下にちらっと出すものですから。私はキャラコを細く切ってそれを芯に入れています。ぜんぜん芯がなくてもくしゃくしゃになるから、キャラコを入れるんです。これはいろいろやってみましたけれども、キャラコが一番いい。さわれば柔らかいし、でも、くしゃくしゃにはならないという程度。あんまり固いと、首すじがすれちゃうだろうと思うわ。自分の体をいたわるというような着方をしないといけませんよね。

帯揚げなんかでも、「帯揚げをしていますよ」という感じで、大げさに出すのも嫌ですね。何気なくということが一番大事ね。

着物ってつまり、肌を隠せばいいんですからね。そして着るほうも、「もう年だからこれじゃあだめ、私にはこれは派手すぎるわ」なんて思うことはないんですよ。また、「私はまだ若いんだから、こんなの地味だわ」そんなふうに思うこともない。要するに、その人に似合うものならいい。

ただし、去年似合ったからといって、ことしも似合うとは限りませんからね。全く違いますよ、これは、残念ながら……（笑）。

欲を出し過ぎちゃいけない。若いうち、二十五歳ぐらい、このぐらいまではあまり変わりません。ところが、六十歳から六十一歳、六十二歳、一年ごとに全くがっくり違っちゃう。こんなはずじゃなかったわ、と思うわけ。着物だけに限らず、ちょっとした襟の色でも、帯の柄でも。だから、相談相手は鏡、そして決めるのは自分の目。それを許すのは自分の頭。頭であんまり、理想に近づこう、近づこうなんて思わないで、私の着方はこれがましよ、これなら楽よ、ということにしてね。

それから、おっくうがってもいけませんね。面倒くさいというのはだめ。そうかといって、一つのことばっかしに凝《こ》ってもだめ。何でもほどほどですよ。着物なんかもほんとにそうね。自分の姿は、鏡を見なければ自分には見えないけれども、人はみんな、こっちを見ているでしょう。

だから、「あんまりひどい格好をしちゃあ悪いなあ」と、思うわけ。できるだけ「まあまあという格好にしましょう」とか、——着物なんていうものは、そういうものだと思うんです。だって一種の包装紙ですからね、中身をくるむためのね。だから、高ければいいというものでもない。安かったらだめというものでもない。かえって、若い人があまりいい着物を着ていると、「あら、あの人よく買えたわね」なんて思われちゃうから――、それぞれですよね。

再生《リフォーム》のタイミング

この間、簞笥《たんす》の整理をしていましたら、新調してまだ二、三度しか手を通していない紬《つむぎ》の着物が出てまいりました。

濃淡の茶の横縞で、ところどころに赤のある訪問着です。買ったときには派手を承知でこしらえたのですが、近ごろでは、外に着ていくにはちょっと気がひけるようになって――。それで、私、思い切って、鋏でジョキジョキってやって、半纏《はんてん》にこしらえなおしましたの。

さっそくそれを着まして、タスキをかけて台所仕事をしていますと、知人がみえまして「まあ、もったいない。そんな新しいお召し物を普段着になさるなんて……」と、目をみはるんです。当然かもしれませんねえ。

でも私は、わりと自分の着物を惜しげもなく、――たとえば、昔の振り袖が残っていたのを切って胴着にしたり、半纏にしたり……。それから帯でも、呉服屋さんに「これ、私には長過ぎるから、ちょっと切ってちょうだい」って――、「ええっ！　こんな袋帯を切っちゃうんですか、もったいない」と言われたけれども、もったいないからといって、着ないでいつまでも箪笥の肥《こ》やしにしておくこともないでしょう。だから、さっさと始末して、切っちゃうわけ。あるいは半幅帯にして普段締めるとか、しております。

また、去年こしらえたばかりの着物が、今年だめになったときには、さっと染め直すこともよくするんですよ。「染め直すのは、まだもったいない」というふうには思わないんです。染め惜しんで何年もたってから、「やっぱり、今の私には似合わないから染め直しましょう」なんて、それじゃあだめなんですね。染め直しを軽蔑したうえに、染め直しをする時期を惜しむ、これはだめですね。

「あっ、これはもう似合わなくなったな、派手だな」と思ったら、さっとやるんですよ。ときどき、染め直したことを忘れちゃって「あら、あの着物どこへいっちゃったかしら」なんて探して、よく考えたら自分で着ているんです（笑）。

着物を買うとき

洋服の人はよく、この服にはこのアクセサリーがいい、これにはこのベルトがいい、このスカートにはこのブラウスがいいというように、いろいろ揃えるでしょう。でも不思議なことに、同じ人が、和服の場合は違うんですね。そのときの衝動買いで、「あら、いい帯だわ、欲しいわ」って買うのよね。それではだめなんですよ。「この帯を締める着物があるかしらん」と、こう思わなきゃあだめなんですよね。洋服を買うときのように、いっぺんに揃えなくっちゃあ。「着物は買いたいけれども、帯まで買う余裕はない」そういうときがありますね。そしたら、待つのよ、着物も帯も買う余裕ができるまで。あるいは、「この着物いいわね」と思ったら、この着物に合う帯が私の簞笥の中にあるかしらんと思って考えなくちゃあ。帯と着物、それから帯揚げとか帯どめ、そういうものみんないっしょに考えなくては——。

一般に、洋服の人は全部考えて揃えるけれども、和服の人はなかなかそうはいきませんよね。もちろん、粋な人や、たくさんお金のある人は違いますよ。でも、われわれ庶民はついばらばらに買ってしまう。だけど、ほんとはそれじゃあだめね。といっても、そのたんびに全部新しくってのも無理だから、これはいいけれども、これはないから諦めましょう。これはいいけれども、あっそうか、あの染め直したあれに合うかもしれないというように、自分の持っているものを一応全部頭に入れておかないといけません。

私のところには古い馴染みの呉服屋さんが来ています。その呉服屋さんにはもう三十年もおつき合いがありますので、持っているものを覚えていてくれるんです。だから、「これは、あの帯だったら似合うんじゃないですか」というわけです。いわば、コンサルタントみたいなものです。そういう店が近所にあると便利なんですよ。

若い女優さんに、「沢村さん、いつも、いい着物着てらっしゃいますね、どこですか」と言われて、「井筒屋《いづつや》、世田谷の経堂《きょうどう》」というと、十人のうち九人は白けた顔をなさいますよ。何か銀座のどことかあるいは有名デパートと思ってらっしゃるんでしょ。でも、そうじゃないのよね。経堂のあんまり大きくない地味な店だけれど、とても親切な呉服屋さんです。三十年前、私たちが住みはじめたころからのおつき合いで、一所懸命やってくれるから、とても助かります。染め直しも上手だし……。

着物の粋《いき》

私は芝居ものの家に生まれて、きちんとした家でしたけれども、お金が沢山あるわけではなかったんです。だからお正月でも銘仙《めいせん》くらい、縮緬《ちりめん》の着物なんて持っておりませんよね。でも、お友だちがお医者さんのお嬢さんか何かで、振り袖を着てて、二人で羽根をついてもちっとも恥ずかしいなんて思いませんでしたよ。銘仙が、私の家にはちょうど釣り合ったいい着物です。向こうも「何さ、そんなものを着て」というふうにも思わない。お互いそれぞれの家だからと思っていたから、とっても幸せでしたよ。

それに、私の父はへんに派手なもの、きらびやかなもの、自分を目立たせようとするようなものは嫌いな人でした。「粋《いき》というのはそういうもんじゃない」って言うんですよね。ですから着物でも裏をきれいにするんです。これ見よがしというのはとてもいやがるわけ。そういう父の好みなんか多少は似ますね。

たとえば帯揚げなんかでも、パーッとひろげるのはとてもいや。こういうものは、帯を締めたときにちらっと見えるところがいいわけです。これ見よがしはいやなのね。

それから、歌舞伎をよく見て育ちましたから、歌舞伎の和服の着方とか色とかいうものね、その釣り合いというものは目に残っています。

礼装は目立たないこと

私は下町育ちですから、下町っていうのはね——みんないつもそう言って笑うんだけど、「ほどほど」ね。自分が大体こんなものだっていうことを心得ていますから、それ以上にいい着物を着たいとは思わないわけ。まあ、うちで買ってくれるのはこれくらいのもんだなと思うと、それで結構満足していたわけ。それをまた近所の人が、「あんなものを着て」なんていうふうには思わない。みんなそれぞれだと思っていました。

つまり「ほど」を知っていたんですね。たとえば喪服《もふく》でも、そこのうちの人が亡くなったときは別ですが、ちょっと会葬に行くときは、そこのお宅の人は喪服、外から会葬に行く者は、それではいけないというんです。亡くなった方を悼《いた》む気持ちはあるけれども、

「何様じゃあるまいし、喪服を着る身分じゃないよ」と言って、わざわざ黒地の小紋をこしらえたりして、あるいは、地味なものがあれば、それで、ちょっと控えめにしたものです。ご親戚やご遺族の方と同じようにしては、出すぎてるって、そういうふうに周りの人との釣り合いとか、相手の気持ちを傷つけないように考えたものです。

結婚式でもそうですよ。「そんな派手なもの着ちゃだめだよ。お嫁さんが引き立たないよ」と自分の娘に言うわけです。主役にちょっと遠慮するわけですね。まして、娘のほうがもしかしてお嫁さんよりも器量よしかもしれない、なんてときはなおさら、「そんなに白粉塗るんじゃないよ」というふうに母親も父親も娘をたしなめたものです。いつでも、主役を立てるようにしてね。そういう心遣いをしたものです。それは私は、なかなかいい知恵だと思うんですよ。

うちの父は質屋に奉公してましたからね、着物をたたむのがとてもうるさいんですよ。ふだんは横のものを縦にもしない人でしたけど、自分の着物だけはきちんとたたむんですよ。そのたたみ方たるや、しわができないように実にうまくたたみましてね。だから私は、「何だ女のくせに!」なんて言われちゃうから、自分の着物の始末はよくしましたよ。

樋口一葉《ひぐちいちよう》の『にごりえ』なんかを夢中になって読んでいたころの夏、女学生の私をつかまえて、母がどうしても「銀杏《いちょう》返しに結え」と言うんです。うれしくなっちゃって、「結ってみようかしら」なんて思って、髪結いさんに行って「銀杏返しに」って――。そうして、浴衣の襟をちょっと抜いて着ましたら、父に怒られましたね。「素人娘のくせに、何だ。その抜き方は」と言って。抜き過ぎちゃいけないというわけですよ、浴衣の襟をね。あわててギュッと合わせようとすると、「そんなみっともない。首をしめるほどに着るやつがあるか」と、うるさいんですよ。適当に、ほどほどに、というわけなんですね。

「私はこれが好きなんだから」と、パーティ会場のようなところに、Tシャツか何かでスッと行くのも、これも若い人はいいでしょうけどね。ただ、そこへ行って皆さまがふっと不愉快になるようなことをしてはいけない。これは、随分昔から、私についている人にいつも言っているんですよ。その場所で目立たない程度でないとね。

たとえば、突然訃報《ふほう》を知らされて、よそから回って来てどうしても喪服を着られないというようなときには、必ずちょっと黒いリボンをするとか、あるいはアクセサリーを取るとかして、その弔意をね、自分の気持ちを表わさないとね。申し訳ないけど、よそから回って来たのでという気持ちを表わせばそれでいいと思いますよ。

それからその日のお天気ね。「暑苦しい」と思うようなときに暑苦しい衣服を着ていってはいけない。「あら、涼しそうだね」と、夏はそういうふうに思わせなくっちゃあね。涼しげなという感じ、人が見てそう思うように……。

衣服は自分だけのものじゃないんですからね。人が見ているんですから、そう思われなくちゃ。自分一人が目立とうとは絶対思わないこと――。

ある人が「いいじゃないか、それで」と言っても、しかし、「お祝いなんだから、髪にちょっと何か飾りを挿して」とか、着物ならば襟でも派手にしてとか、何か恭順《きょうじゅん》の意を表するというとおかしいけれども、人様の迷惑にならないとしても、不愉快にならないように、その場所、季節、そういうものを衣服を着るときには考えなきゃいけない。

さっきも言ったように、「私はこれが好きなんだから」と、自分では考えても先方様が「ええ?」と思うようなもの。たとえばお葬式に真っ赤なシャツを着て行ってもいけないし、いくら今はやりだからって、腰にセーターを巻いたりしてほうぼうへ出て行く人がいるけれども、それはとてもシャレた格好ですけど、でも、場所によりますよ。

着物と下着の組み合わせ

洋服だって、外国のおばあさんはみんなすてきですよねえ。だから、年とったら和服のほうがいいとは必ずしも言えませんよ。言えませんけれども、日本の人はどうもそういう――、今の人は違うと思いますよ。今の人が年とったら、もっとシャレた洋服を着るでしょう。

でも、私なんかの場合はやっぱり和服――。夏、涼しいんですよ。下にいろいろなものを着たら涼しくないけれども。私は冬でも何も着ませんからね。

さっき申しあげたように、自分に合う晒《さらし》の下着をこしらえて。私がうるさいのは、肌着だけ……。肌着というのは襟の抜き方があるんです。出てはいけない、しかし、引っ込み過ぎちゃっても困る。ちょうどいいくらいに自分の襟ぐりをこしらえて。自分で仮縫いするんですから何遍でも着てみて、ほどよいものをこしらえるんです、あと何年かたつと体型が変わりますけど、大体自分の体型に合って、着物を着たときに、のぞけばちらっと見えるくらい、袖口もあまり出ないようなものをこしらえて、その襟ぐりの型紙をハトロン紙に取っておいて、一遍に五枚ぐらい上下縫っちゃうのね。それを毎日、取りかえるんです。

女優さんが洋服の下着の上に時代劇の衣裳を着ているのを見かけるけど、あれは滑っちゃってだめなんですよね。やっぱり肌着は木綿に限ります。それも自分に合うものを着てないと。肌着の上に長襦袢、洋服の下着の上に着物を着ても、滑っちゃってうまくいかない。「下着が大事だ」とこのごろ洋服の宣伝によく出ていますけれども、全くそのとおりで、和服でも同じことなんです。肌着の上に着る長襦袢はつい丈《たけ》──つい丈というのはお端折《はしょ》りしないから、自分にちょうどいいくらいにして、それがチラチラと裾から見えるようではおかしい。

それから、着物を着るときには、足をちょっとずらして、そしてギュッと決めてしまうとあんどんにならない。あんどんというのは、下までパッと開いてしまうことです。洋服でも下のほうがピュッと締まっているほうがいいでしょう。

帯や着物をあっちと組み合わせ、こっちと組み合わせ、長襦袢はこれを着てなんて考えると、わりあいと楽しいもんですよ。半襟でも、いつも言うんですが、どんな役をやっても真っ白いのをかけるのは一体どういうわけでしょうね。時代劇で、裏長屋で洗濯しているおかみさんが白い襟だと、ぞっとしちゃいますね。白襟というのは汚れるんですよ。なのに、白襟かけてどうして井戸端で洗濯しているの？　考えられませんね、私なんか。

昔は──、「いずれ改めて白襟でお伺いいたします」という挨拶をしたもんです。ということは、「改めてご挨拶に伺います」ということなんです。何かのことでいろいろあって、話がまとまったら、「じゃあ、いずれ白襟で」というわけですね。「白襟で」ということは、冠婚葬祭、改めてきちんといたしますという意味なんです。それくらいですからね、さっき言ったように黒い喪服は遠慮して、襟だけはそういうときは白ですね。それから紋付きを着るときも白。これは真っ白がいいんです。薄汚れた白なんて嫌でしょう。だから、二、三度着て、襟山が少し茶っぽくなったなあなんて思ったら、すぐ染めちゃったものです。染めて、それを紫にしたり、茶にしたりして、普段用にするわけ。ちょっと汚れが目立たないので、かなりかけられるんですよね。私はやっぱり色襟に慣れているから、白襟というと、冠婚葬祭でないとね……。それが、今では何でもかんでも白襟——それじゃあ汚れてしようがないでしょう。薄汚れた白襟なんていうのはゾッとしないと思っちゃうわけです。

このごろ、またちょっとしじゅうの半襟とかはやってきたようですけど。昔は半襟にいろいろ工夫をしましたね、着物と顔との間の釣り合いをとるための半襟——だから、着物が少し派手めでも、ちょっと地味な半襟をしていると、そこで収まって、顔のしわが目立たないとか、若い娘さんが赤い半襟をして可愛らしいとか、全体を通して雰囲気がほんのりでるんですよ。

小物への心くばり

以前、着物の着付け教室の講演に呼ばれたことがありましてね。今、お話ししたようなことをしゃべったんですが、あちらの先生がおっしゃるのよね。

「私、実は沢村さんとさっきここでお目にかかって、この方の着方はどうかしらん」と思ったんですって……。私の着方がね、何か帯もちょっと下過ぎるし、襟が少しゆる過ぎるし、どうかしらんと思ったんですね。それで私が講演しているとき、後ろの席に座ってみていたら、「ああ、なるほど」とお思いになったんですって。「私は着物の着方を教えるのをちょっと変えなくちゃいけないかな」と思ったっておっしゃるんです。「非常に楽でゆるやかでいいと思いましたよ」とおっしゃったけれども、そんなもんなんですよね。

本当の着方というのもおかしいけれど、今の人は慣れてないんだからしようがありませんよね。何といったって、私は自分で年じゅう仮縫いをしているようなものなんですもの。

そしてさっき言ったように、着物は小物に気をつけなくちゃいけないってこと。帯どめ、帯揚げ、そういうものへの心くばりが大切なんですね。

帯揚げというのは、ただ帯を後ろから結んだところにちらっと見えるところがいいんです。「私の帯揚げはこれでございます」こんないいのをしています、というようにね……。帯揚げは、これ見よがしに見えたりしたら——あれは脇役ですからね、脇役がしゃしゃり出たようでね、どうもヤボったいんですよね。

この間おもしろいと思ったのは、「山の手」のことを書いてあるご本があるんですよね。山の手の何がしという方の、昔の話をね。それを読みましたら、帯揚げというものは絶対に出すものではない、ちらっと見えてこそいいんだと書いてあるんです。（あら、そうかしらね、下町の私のような娘と、そちらのような何とかとおっしゃる大家の奥さんも同じなんだなあ）と思いました。着物の着方についてね、帯揚げというのは、ちらりと見えるところがいいところなんですよ。ところがね、やっぱり舞妓《まいこ》さんや何かがわあっとやったのを見たりすると、帯揚げをぱあっと派手にしたいと思う。

そりゃあ、そういうときもありますよ、娘さんがいい着物を着て、帯揚げも一つのアクセサリーとしてぱあっとするときがありますけれども、普段、ちょっとしたときには、よっぽどのときでなかったら帯揚げは帯揚げの役目しかさせないほうがいいと思います。

着物の主役はあなた

すごく印象に残っていることがあるんですよね。母の知り合いの娘さんが、昔のことですから、すぐそばの料理屋でもって結婚式をあげた日に母がその娘さんの着物を着せてあげたわけ。

それでお祝いに母が絞りの赤い鹿の子の帯揚げをあげたんですね。その人はとっても喜んでいたんですが、その赤い鹿の子を母が結んでキュッと帯の中へ突っ込んだわけね。そして、母が「それじゃあね」と言って部屋を出たとたんに、その娘さんが鹿の子を引っぱって前へ大きく出したんです。「ああら、お姉ちゃん、そんなことをしたらヤボよ」と、私は子供だったけどそう思って、「お姉ちゃん、その帯揚げ、中のほうがいい」と言ったの。そしたら「いいの、これで」って言って……。私は困っちゃって、あんなことをしたらヤボったいのにと、私は小学生だったけど、それが今も印象に残っていますの。

つまり、帯揚げ、帯どめというのは、あまり派手じゃなくて、それは高価な金具をつける方もありますけれども、どっちかといえばそれが引き立つこともある場合は結構ですし、場所によりますけれども、あとはとにかく目立たせよう、他人に見せようと思わないこと。脇役は脇役でいなくっちゃ——。着物と帯が主役ですからね。長襦袢とか着物の裏とか裾回しは、これ見よがしというのはよくないです。何気なく、そして帯と着物が主役だけれども、実は着てしまえば人間が主役なんだから、そういうことも考えなくちゃいけない。「着物五十に帯が百」という言葉もあるんです。つまり、着物が五十だったら、帯を百にして、帯のほうをよくしなければだめだという言葉がありますけどね。それほどでもないけれども、帯というものは、とても大事にしましたね。うっかり、朝なんか急いでいて、伊達締の上に半纏なんかはおって何かしようとすると、「何だ、帯《おび》しろ裸《はだか》で」と言われましたね。帯しろ裸って、「帯をしろ」っていうことかなあって、よくわからないんですけどね。帯はきちんと締めなくちゃいけない、どんなときでもね。半幅帯でもいいんです、帯をきちんと締めるというのが、下町ではとてもうるさかったんです。

亡くなった飯田蝶子さんが、やっぱり若い女優さんを楽屋でたしなめて言ってらっしゃるのを聞いたことがあります。「まあ、帯しろ裸でうろうろして」、いくら楽屋だからといって、伊達締だけで歩いていてはいけないわけで、半幅帯でもいいから部屋着の上に帯を締めろと言うんですよ。まあ、今はそうはいかないわね。第一、皆さん、部屋着もあまり持ってこないから。

とにかく、昔の人は帯をとても大事にしましたね。帯を取った格好というのはあまりよくないですからね。帯の幅は、むやみに幅広くすることもない。年齢によって、少しずつ狭めていったほうがいいと思うんですよ。男帯だとか、いろいろありますけどね。

そして、長過ぎたら切ってしまうこと。思い切りよく切ることね。もったいないからといって、長くしといてそれをどうするかと……。後でそれを何かにするということがない限りはね、おかしいと思う。思い切りよく、自分に合わせて締めなくちゃおかしいわね。もったいない、そのままとっときたい、というのは、結局、着ないということになるのね。

昔は着物の柄も地味でしたね。小学校のときに買ってもらった着物で、紺と茶の棒縞なんていうのがありましたね。それを母が、「これは一生ものだからね、一生もつんだから……」と言うわけよね。そして帯のちょっと赤いのを買ってくれましてね。ああ、なるほど、どっかちらっと赤みをさしたら、それもまたいいなと思いましたけれど——。そんなふうでしたよ。今では、その当時のものは焼けてしまって残ってはいませんが、たまたま田舎に疎開してあって残ったものなんかは、今着てもちょうどいいぐらい地味なものなんです。それもまたいいけれど……そうかといって、年だから地味でなくちゃいけないと思うこともない。人が何と言ったたって、「あんな年で」なんてちっとも気にすることないと思います。「おおきなお世話よ」ね（笑）。その人その人に今、似合えばそれでいい。

私の着物には小紋や縞が多いのです。

小紋というのは、皆さんご存じのように、もともとが裃《かみしも》から来ていますからね。各藩が、自分の藩はこれだというのをいろいろ考えて、小さい紋を裃につけた、それが小紋なんですよね。その中でいろいろなことを各藩でやったんですから、きっとあんまりよくないものは消えたんでしょうね。ああ、これはいいなというものだけが今でも残っているということです。

そういう意味で、小紋というものはなかなか粋だし、流行遅れということがない。着物はそういう点はいいですね。

ですから、私の着物は、どうしてもはやりすたれのない小紋とか縞が多くなるんです。私はよく小紋を染めてもらうんです。今着ていますのは、伊予染です。小紋は染めても安いんですよね、色数が少ないですから。型紙があれば、これは安いんです。ただ染めるときに、「地色をこれにしてちょうだい」と色見本からとるでしょう。そのときに多少昔のものより複雑な色を選ぶようになりましたね、昔と違って。同じネズミでも、ちょっとこのネズミがいい。このネズミとこの紺がいいというふうに、多少近代的になってきました。

これは絵をよく見るので、絵の影響かもしれませんけれど……。

着物のぜいたく

私は美容院なんかに行って雑誌を見るときに、よく洋服の雑誌を見るんですよね。色の合わせ方をとてもあれこれ、研究しているし、おもしろい。私はどちらかというと、たいして持っているわけでもないけれども、この着物でどの帯でもいいやとは思わない。この着物にこの帯、この半襟、この帯どめと思うでしょう。そのときに、洋服で皆さん研究していらっしゃる色の取り合わせが、とてもおもしろくて、楽しくて……。

でも、今これが流行《はや》っているから、これにしたいとはあんまり思わない。ですから、うちは決まった呉服屋さんしかまいりませんけれども、たまに、ご紹介で、「どうぞぜひ、うちの着物を」とおっしゃる方がいらっしゃったりして、お見せになるものを「あら、いいわねえ」とほめると、「これは何々様の奥様もなさいました。これはもと宮家の何々様がなさいました」と、必ずそう言うんです。そうすると私は「そう、じゃあやめましょう」と言っちゃうんです。

つまりませんものね、人と同じじゃあ。同じものを着た人に会ってごらんなさい。洋服でもそうじゃありませんか。まして、同じ着物を着られたら、「ええ！」と思うでしょう。また、たとえ、その人が美人でも嫌ですよ。「私はあの人みたいにはいかないわね」と思う。また、その人が不美人でも嫌ですね。「私も、この人みたいに見えるのかしら」と思って……（笑）。

昔は「お留柄」というのがあったんですよね。自分で染めた柄をほかの人のために染めるなと、こういうわけ。そのためにたくさんのお金を出すんですよ、その呉服屋に。だって、ほかに売れないんだから。お金持ちはそういうふうにしたんです。それほどなものなのに、流行るからとみんなで同じものにするというのは、どういうことかなあと……、不思議な気がしますよね。

一つには、テレビが普及したせいでしょうかね。北海道に行っても、鹿児島に行っても、「あら、こういうのが、ことし流行っているのかしら」と思うと、あっちでもこっちでも似たもの同士がいっぱい。ああ、そうかと思いますよね。たちまちのうちにね。そしてまた、「これが流行です」——これが流行ですと言うけど、その流行をやっと手に入れたときには、もう次の流行がきちゃって。呉服屋さんも大変だから、いろいろとやらなけりゃあならないでしょうけど……。商売、商売——(笑)。

お料理なんかでもそうですね。お料理番組を放送しますと、お魚屋さんにみんなで同じ魚を買いに来たり……。魚屋さんのほうも一所懸命それを仕入れたりね。まあ、そうしなければ売れないからでしょうけど、売る人は。しかし、買う人がそのたんびに、「あっ、これは流行だから」「これはもう流行遅れだから」と、そういうふうにしてたら大変ですよ。まわりにばかり惑わされないで、まあまあ自分を中心に「自分を幸せに」って考えたほうがいいんじゃないんでしょうかねえ。

後始末も着付けのうち

このごろは、古くなった着物を喜んでもらうような人が少なくなりましたね。なにしろ、着物を着る人が少ないんですから。冠婚葬祭とか、お花だとかお茶だとか、そういうのはまた別として、ふだん着物を着る人にあまり、お目にかかれなくなりました。昔は古くなった着物はお座布団にしたり、夜着にしたり掛け布団にしたり、あるいは半纏にしたり、いろいろとやったものですけど、今はそういうことはあまりしませんからね。それはそれでまた、別の便利なものができてどんどん売り出しているんですもの。

今、古い和服をあげたってね……、私の知人なんか、「いいですね」と言うけれども、「じゃあ、これあげたら、あなたどうする」と言うと、「そうですね……」って考え込んじゃう。私が着ているからいいと思うけれども、もらったらそれをどうするか、ちょっとやっぱり困るわけですよ。ほどいて自分で縫い直せるわけでもないし……。この着物の始末というのが、わりと困るんですよね。

それから、着物を着るのを今の人が面倒くさがるというのは、後始末ね。洋服だったら、パッと脱いでかけとけばいいでしょう。着物はそういかないのよね。脱いだらまずさぼす。つまり、着ていた人の体温を取るために、風にあてる。襟を拭いて――私は帰って来ると、とにかく着物を着替えます。すぐに脱いで、襟と袖口をちょっと揮発油で拭いて、風を通しておきます。そして何時間かたったらそれをたたむ。きちんとたたまなくちゃいけない。それが面倒だって言うけれど、それをしなければ、きれいな着物は着られませんよ。

お料理でもそうでしょ。作るのはいいけど後始末が――、お皿を洗ったりというのが大変でと思うと、あまりお皿を出したくないというようなことになっちゃう。でも、そうかといって、一枚のお皿で何でも食べていたらつまらないでしょう。つまらないことするのは嫌ですよ。だからなんでも後始末が肝心――。お皿を洗うのは、次のための準備なんですよね。いわば、始まりですよ。

着物も同じこと。着るときにしわくちゃな着物を着て行くのは嫌でしょ。だから、ちゃんと後始末して、手入れしておかなくちゃ。たしかに、着物は洋服より面倒かもしれません。でもやっぱり、それだからこそ着物を着る楽しさがあるんじゃないかしらね。

そうそう、そして要らないものがあったら、さっきも言ったようにサッサと始末する――、着物を何か別のものにしてしまうとか、あるいはもらってくれる人があれば持って行ってもらうとか、適当に処分して、箪笥が膨れるぐらいにギューギュー押し込んだりしないこと。「あれももったいない」「これももったいない」なんて言って、箪笥の肥やしにしとくことはないと思いますよ。

私は、さっきも申しあげたように昔着た振り袖を切って、未練なくふだんに着る胴着にしたり、帯でもちょいと長過ぎるとサッサと切ってもらいます。私の暮らしはそんな具合です。昨日のことは忘れましょう。明日のことを心配するのはよしましょう。今日、できるだけ楽しく、明るく暮らすようにいたしましょう、というわけです。

第五章　女優生活五十年

「浅草」から教わること

私が生まれた浅草は、権力もお金もない庶民の町でしょ。大体、江戸っていうのは武士《さむらい》の町ですからね。その武士の中で、何の力もない庶民が、嫌だと思うことをしないで生きるためには、弱い者同士お互いに助け合ってやっていかなければ暮らせなかったんですよね。

でも、そういうことって、なにも浅草だけのことではなくって、どこにでもあるんですよ。

山川菊栄《やまかわきくえ》さんが『私の浅草』を読んでくださって、長いお手紙をくださいましたが、同じだっておっしゃるんです。あの先生は学者の娘さんでしょう。そして東京の山の手に住んでいらっしゃったけど、でも、同じだっておっしゃるんです。庶民の暮らし、考え方というのは。

九州とか北海道の人も私に本の感想を送ってくだすって、自分たち家族が北海道で暮らしていて思うのは、やっぱりそういうことだっていうようなお便りを、随分いただきました。だから別に浅草だけってわけではないんですよね。

だけど、そうかといって自分の気に入らない人とはつき合わないというのは、これは無理ですよ。これだけ人間がいて、――ことに私のような仕事をしている者はね。「私、あの人嫌いだからつき合わない」と、これはできません。いろいろの人がいますもの。

だから、私は自分の好きな人たちとは深くつき合いますけどね、ほかの人に対して、「ああ、私はそういうのは嫌いだね。私はつき合わないわ」とは、言いません。そんなことを言ってたら、何もできませんもの。ただ、つき合い方を浅く、柔らかく、まあ相手をあまり傷つけないように、そこからそっとこっちが離れるのね。

「そんなことをしたら損ですよ」と言う人もいるけれども、まあ、それくらい、いいじゃないかと思っています。自分が勝手に、好んでやっているんだから（笑）。

「沢村さんって、怖い人」

やっぱり人間っていうのは、自分一人では暮らせませんからね。いろいろな人とのおつき合いは大事にしたいと思います。でも、ぜんぜん合わない人もいるわけですよね、歯車がね。一所懸命合わせようとするんだけど、どうしても合わない。

そういう場合、どうするかというと、私は一歩下がってしまうわけ。そうっと一歩下がって、そしておつき合いを断《た》ってしまうんです。でも、これはむずかしいことですよ。だれだって、みんな自分のことは〝いいひと〟だと思っているでしょ。また事実、そうかもしれない。

でもね、人が、みんながみんな、うまく仲よしになれるとは思わないし、また、なるべきである——なんて言いたくありません。大体、私、「べきである」という言葉は大嫌い。「べき」だかどうだかわかりませんもの。「べき」って、いったいだれが決めるんですか？そんなことはわからない。ただ、私はそうしたくない、というだけ……。そういうのは嫌だっていうだけです。

人それぞれですけれど、私は嫌だなと感じたら、なるべくそこから遠ざかるようにするんです。そして、次にもしその人に会ったときには、相手を傷つけないように、うまく勘弁してもらう——、そういうふうに考えているわけなんです。

私のことをうるさいと思っている人も、怖いと思っている人もいるでしょうね。女というのは、「怖い」と言われるのはとっても嫌なのですねえ。「沢村さんって、怖い人だと思います」と、随分、みんなに言われるんです。そうかもしれないけれども、でも、それを、なるべくあまり怖いと思わせないで、「私は左、あなたは右、あなたは真ん中。どうぞ、みんなそれぞれね」という感じでいきたい。

それがさっきの、いろいろな人がいるところで、人間はみんな生きているということに通じると思うんですよ。

「おせっかい」と言われても

人はそれぞれ違うんだから、――あそこにどぶがあるのに――というときに、私なら、「ちょっとそこ、危ないけどね」と言いますけれどもね。そう言っても、「いいです」と言う人には、「あっ、そう。じゃあ、ま、お好きなように……」と言うわけです。でも、どうも生まれつきおせっかいで（笑）。これまで、随分いろいろなことを言ってきましたよね。

ある二枚目俳優さんに、昔、宝塚の撮影所で初めて会ったとき、「あら、いい男ねえ」と思っていたら、食堂で丼飯《どんぶりめし》をおかわりするんです。丼でご飯が出て、ほかにおかずがあるわけですけど、その丼飯のほうをおかわりするの。

「あなたねえ、ずっと役者をやっていくんでしょう？」と、思わず言っちゃったんですよ。私は彼の母親役をやっていましたからね。

「ちょっと食べ過ぎじゃないの。あなたはどっちかというと太りぎみだから、そんなにご飯を食べていたら、だんだん太っちゃうわよ。せっかくいい男で、背もスラッとしているんだから、もうちょっと考えたほうがいいわ。いまに、太っちゃってから困ったと言っても、もう遅いんだから。主食を少なめにして、よーくかんで食べなさいよ。かむとお腹がわりといっぱいになるからね」なんて……。そんなこと、別に言わなくてもいいと思うのにね（笑）。

それから二十年ほどたちまして、「あのとき、沢村さんに言われてから、僕はずっと主食をひかえて、よくかんで食べています」と言っていましたが、いまだに彼、スッキリした体型です。

感謝しているかどうか知らないけれども、そんなふうに、われながら、あとで考えて余計なことを言ったもんだと思うことも、随分ありますよ。

「沢村さんにこう言われた、ああ言われた」って——。「あらそう？　私、そんな余計なことを言ったかしらん」と思うんだけど、私は別にその人に意見するつもりで言うんじゃなくって、「こういうものじゃないかしらん」ということを、つい、言ってしまうんですよね。

だって、やっぱりこれからスターを続けようと思ったら、体を大事にしなくっちゃあ。それはもちろん、私、自分にいつも言い聞かせていることですからね。私は低血圧なんだから、どんどん栄養のあるもの食べなくちゃいけない。肉が嫌いだなんて言っていられる立場じゃないと思って、いろいろお料理を考えて、あれこれ工夫しました。

もともと体が弱かったから、油っこいものは食べられないのね。だから、それはいろいろ工夫して——今でもそうですよ。油のものを食べるときには、油をあまり感じないような、そういう料理を考えてこしらえる。それぐらい考えないとね、あなた、「このせちがらい世の中で、お金をかせぐってのは簡単じゃないんだから」ということですよ。すぐ、そういうことを言ってしまうんです。悪いくせです（笑）。

私の発散法

ここでひとつ皆さんに、自分の気持ちをぱあっと発散させる方法を、そっとお教えしましょう。この間も黒柳徹子《くろやなぎてつこ》さんにお教えしたら、とても気に入ったと大喜びでしたからね（笑）。

どなたでも、しゃくにさわるときってあるでしょう。たとえば、人の言うことが、しゃくにさわると、もう胸がむかむかしてくる。「なにさ、あのバカ！」なんて思うこともありますよね。そういうときに、自分の頭の中でだけ、「なにさ、あのバカ！」と思っても気が晴れません。

ですから、そういうときには、自分のうちならお風呂場か、あるいはトイレへ行きまして、——ちゃんと戸を閉めて。だれにも聞こえないように戸を閉めて、「あのバカ！」って、声に出して言うんです（笑）。

そうしますと、——「あのバカ……うーん、私も相当ひどいこと言うわね」、それから「でも、あの人だけが、バカかしら」なんて、ちょっと冷静になってくる。「いや、ひょっとすると、私のほうがもっとバカじゃないかしら」と、だんだん反省してくるんです。それを、口に出さないで、自分の頭の中でだけ考えていると、人間は得手勝手ですから、相手をののしるだけで終わっちゃう。

声に出して言うってことは、「論より証拠」で、自分に証拠をつきつけたことになるでしょ。「あのバカ、なにさ。わかりもしないくせに、気取っちゃって……」と、こう言っておくとね、「えっ、そうかな。あの人だけかしら？　私だってけっこう気取ってるんじゃないかしら」と反省する。

自分で口に出して言っちゃったんだから、証拠があるから、自分でも反省しますよね。

そうすると胸がすーっとして、トイレから出てこられる。あの人のことを「バカ」なんて言って、悪かったなと、こう思えるんです。私はテレビ局でも、家でもそれをやっています。とてもこれはよく効きますから、皆さんにおすすめ――。

ただし、だれかに聞かれちゃだめですよ（笑）。うっかりそんなこと聞かれたら、もう破滅ですから。絶対にだれにも聞かれないように、自分の耳に聞こえるぐらいの声を出しておやりになると、かなり効き目がございます。

私は陽気な世話女房

まあ、私みたいに長く生きておりますと、いろんなことを考えちゃうんですよね。こうやったらどうかしら、ああやったらどうだろうって――。

この間も、「うちは年寄りがいなかったからいいけれども、ほんとに寝たきり老人がいたら大変ね」なんて主人と二人で話し合って、よく考えてみたら、そろそろ二人とも寝たきり老人になりそうな年なんですよ。二人合わせて百五十以上ですからね（笑）。

まあしようがない。私たちには子供がございませんから、だれもみてくれる人がいない。だからお嫁さんもいません。だいいち私みたいな姑がいたら、お嫁さん、とてもつとまらないでしょうね。まあ、子供がいないから、お嫁さんもいない、年とっても、みてくれる人はだれもいないんだから、自分で自分をみなくちゃいけない。

できるだけ、なんとかかんとかごまかして、そして、これからも、もうしばらく脇役をつとめさせていただこうと思っております。それで、いよいよセリフが覚えられなくなったら、そのときは女優をやめるつもりです。ほんとに自分でもそう思ってるし、皆さんにもそう言いふらしております。

こういうことは、さっきのトイレのひとり言と違って、皆さんに言いふらしちゃうほうがいい。そうするとセリフ覚えられなくなったら、自分で責任をとって、ほんとうにやめなくちゃならないでしょう。

ところが、私、まだもう少しやりたいんですよね。ですから一所懸命セリフを覚えると――こういうふうに逆算することになりますものね。

皆さんはまだお若いから、そんなこともないでしょうけれども、人間というものは、自分で自分をごまかしたり、あやしたり、すかしたり、おだてたり、いろいろとやっていかなきゃならないと思うんです。

先ほどから何度も申しますように、世間にはいろんな人がいるんだから、けっして自分一人で生きてるんじゃないってこと。だから、「お互いさま」というのが私のモットーなんですよね。自分だけじゃない、人もそうですよ。人もそうだから自分もそうでしょう。

こうやって皆さんにお話をするのもご縁、それから、うちのご近所の人たち、お隣り同士に住んだのもご縁、うちの主人と一緒になっちゃったのもご縁（笑）。

みんな、何かのご縁があるんですから、せめてご縁のある方たちとの間くらいは、優しく、「お互いさまね」――こういうふうにしていきたい。それしかありませんよね。

平和はありがたいけれども、世界じゅう、どこかしらでいつも戦争してる。それを全部やめさせたいけど、やめさせることはできないんです。だから、せめてご縁のあるもの同士、お互いに、少しだけ、ホンの少しでも空気を通わせ合って、優しくして、なんとか平和に暮らしていきたいと思うんですよ。

「仕事と家庭」という分け方

私は低血圧で、手足が冷えますけれども、それにしては、わりと寝つきがいいんですよ。「いやだ、いやだ」って、くさくさすることがあまりないからでしょうね。だって、この世の中、どうせ嫌なことばっかりに決まってるんですものね（笑）。いいことなんて、たいしてありゃしない。

だけど、寝しなに、「今日はまあまあだったわ」とか、「一所懸命やったんだから、ごめんなさいね」なんて自分に言いながら寝ると、よく寝られるんです。嫌なことは忘れてしまうんですよ。嫌なことって、たいていしようがない嫌なことなんですよね。

よく「私は、仕事に命を賭《か》けてます」っておっしゃる方が、女優さんに多いんです。ほんとうに皆さん一所懸命やってます。ああいう人は、ほんとうの女優なんです。けれども私は、「でもしか女優」って、自分で自分を呼んでるんです。「でも、まあ、しかし女優よ」っていうわけです（笑）。

女優は嫌いじゃないし、仕事は一所懸命やりますよ。一所懸命やりますけどもね、いつかセリフ覚えられなくなったら、やめなくちゃいけない。しかし、人間として暮らしてることは、死ぬまでやめられませんよね。だから、私は生きることを一番大事にするんです。よく「仕事と家庭と、どちらを取りますか」と聞かれますけれど、私は、この二つをぜんぜん並べて考えてはいないんです。人間の暮らしというものは、一生ずーっとある。その上に女優という商売をしている。これは職業ですからね、ただじゃありませんよね。安くたって、高くたってお金をいただきます。お金をいただくからには、一所懸命やらなくちゃいけない。それに、女優という職業は、いろんな自分でない人間になれるのがとっても楽しいんです。だから一所懸命やってます。

「きれい」と言われる秘訣

私、若いときにはきれいだと言われたことないんですよ。不思議なことに、このごろはよく言われるんですけど（拍手）。

どうしてかしらと思ったらね、私はすぐ、ほんとの年を言いふらすでしょ。「七十七過ぎました」なんて言うもんだから、「それにしちゃ、きれいだわ」、それにしちゃ――がくっつくんですよね（笑）。

でも、これは私、大変結構なことだと思うんですよ。「それにしちゃ」だって、「あれにしちゃ」だってかまいませんよ。女は「きれい」と言われるほうがいいにきまってますから。それと、欲張らないことですね。

私、自分をきれいに見せようとは思わない。汚いとこを隠そうと思うんですよね。なぜって、あんまり汚いままじゃ、私を見てくださる、ほかの人に悪いと思うから。

たとえば、うちの主人ですけど、お酒も飲まないし、本を読むぐらいが趣味の人なんです。で、本を読みながら、ちらちら私を見るんですよね。別に見たくって見るわけじゃないんでしょうけど（笑）。いくらちらちらでも、どうしても嫌なものでも見えますわね。そのときに、「ああっ」ってがっくりさせちゃ悪いでしょ。だから、汚いところ、ひどいところを隠そうという、その程度でいいと思うんですよ。

鏡を見て、「もっときれいにしよう」――と頑張ったって、それは無理ですよ。七十は七十、七十七は七十七なんですからね。それでいいんです。無理することはない。

着物でもそう思うんです。この年であんなものを、と思うことないと思いますよ。赤でも、青でも、着たいものを着たらいい。ただし、自分の姿をちゃんと見たうえでのことですけどね。

はじめに申しましたように、私の鏡台みたいに明かりをちゃんとつけて、ごまかしなしで見て、「あ、これ似合うな」と思ったら、それでいいと思うんです。自分で似合うと思ったら、赤だって、青だって、黄色だって、みんな混ぜて着たって別にかまわない。

「もう年だから、これは派手すぎる」とか、「いい年して、こんなの着ちゃいけない」と決めつけることはないと思うんですよ。

自分に似合うものをみつける

よくほうぼうでお話しするんですけど……、以前、私、棒縞の着物が欲しかったことがありました。歌舞伎でよく男の人が着ている、白と黒の棒縞——。粋《いき》なんですよ。でも、あいにくそのとき、ふところ具合が悪うございましてね、結局、あきらめちゃったんです。

それから二年後に、ちょっとお金が入りましたんで、同じものを呉服屋さんに頼んで、こしらえてもらいました。できあがりまして、「うれしいわ」と大はしゃぎして着てみたら、これが、まるで似合わないんですよね。なんだか猿芝居のお富さんみたい（笑）。「どうしてかしら？」って考えこんだんですよ。で、つまり棒縞の太さが原因だって気がついたんです。二年前には似合ったはずの縞の太さが、今の私の顔に合わして太すぎたんです。

これはいけないと思いましてね、すぐに抜き染めをいたしました。「縞の太さを半分にしてください」って。たった今、染めあがってきたばかりのものをすぐやり直すなんて、ばかみたいですけれどもね。でも、そのままじゃ、どうせ着られないんだから。私の失敗だと思って、抜いて染めてもらったわけ。

縞を半分の細さにしてもらったら、今度は、まことに落ち着いて、気に入りの着物になりました。だから、自分に似合うものは、自分が一番よくわかるんですよ。人が何を言っても気にしないこと。

いくら「ねえ、私どう思う？　すてき？」なんて聞いたって、聞かれたほうは、悪くは言いませんよ。

でも、別れたすぐあとで、「ひどいね、あの人」って言ってますよ。でも、人の言うことなんて、気にすることはない。ただ、自分ではよく見えないというところは、ちゃんと老眼鏡かけてでも、見つけようとしなければ――。

私、思うんですけど、欲張りすぎると失敗しますよね。着る物でもそう。猿芝居はいけません。

私はもう六十五ぐらいのときから、ずっと着物にしています。それは、洋服を着ると私のひざの曲がってるのや、体の欠点がみんな丸ごと見えちゃうから。着物ですと、そういう欠点をみんな隠してくれるんです。それでも、仕事で洋服の役のときには洋服を着なきゃいけない。そのときでも、無理矢理、格好いいほうには合わせないんですよ。

よく顔の整形手術をなさる方が、写真を持って行って、「エリザベス・テーラーみたいにして」って、これは無理なんです。ただ、「ひどいところだけ直して」っていうのは、みんな成功してますよ。

お化粧でも、上へ上へと塗って、いくら塗ってもだめなんです（笑）。

二年ほど前、ある女優さんと共演したことがあるんです。その人の役が、病気になって、お布団の中でぶつぶつ言ってるところを写した。そのとき、見たらびっくり仰天。いつもそんなにシワがあると思ってなかった人だのに、もう、顔から襟から、ちりめんジワがいっぱい（笑）。

そうしたらカメラマンが――「あそこ撮り直しましょう」と言って、ちょっと枕を高くして、それでシワをごまかして、――そんなもんですよ。

だから、私も、あまりひどいところは見せないようにしようというくらいで、それでいいと思いますよ。それ以上はね、無理、無理。無理なことを望むのはよしましょう。

ただ、着ているものが似合うかどうか、自分ではわからなかったら、周りの人に聞けばいいんですよ。

どこでも旦那なんて、たいてい、ちらっと、見たような見ないような顔してるでしょ。でも、「どうかしら?」と聞いて、相手がほんとうにそう思ってるかどうかは、それはもう、われわれの年になればわかりますよ。この人、お世辞で言ってるんだなとかね（笑）。

だいたい鏡の前でよくながめてますとね、あまり自分の神経に逆らわない、嫌だなと思わないものは、たいてい似合ってるんですよ。それから、好みがありますしね。まあ、自分の好みでいいんじゃないですか。

「女のくせに」

私ね、男女同権、大好きなんです。だって、男だって女だって、おんなじ人間だと思うから。ある人が、「人間のほかに女類という動物がいる」って言ってましたね。でも、私はそうは思わない。男でも女でも同じ人間、だから、私が一番男の人に感謝するのは、人間として扱ってくれたときです。男と同じ人間として――。

私は浅草の生まれですからね。浅草というところは、ご夫婦が一緒に歩いても笑われたところなんです。「あいつ、女房連れて歩いているよ、冗談じゃないよ」と言われちゃうの。だから、私も父や母が一緒に歩いているのを見たことがありませんね。絶対一緒に歩かない。一緒に出て行くこともありませんでした。

そりゃあ、震災で逃げたときとか、戦災で逃げたときとか、そういうときは一緒だけれども、それ以外には連れ立って歩かない。もしも先祖の法事《ほうじ》とか何かがあっても、ちょっと父のほうが先に歩いて、母は子供たちの一番後ろから行くという、そんなふうでしょう。

だから、いつでも「女のくせに」とか「女がそんなことをしていいのか」とか、年じゅう「女のくせに、女のくせに」と言われていたけれども、それでも別にみじめじゃありませんでした。うちの母なんかを見ていると、みじめとは感じないんですね。そりゃあ、父に浮気をされたりしたときにはあれですけれども、でも、ちゃんと自分のところに帰って来るという自信を持っていたらしいんですよ。そういうとき母がかわいそうだと思って、私、ずいぶん父のことを恨んだこともありますけれども。

花柳界《かりゅうかい》の人なんか、よく「あんなことしなくたっていいのに。そんなに尽くさなくてもいいのに」なんて言う人もいました。「かわいそうにねえ、おまえさんのところのお母さん、台所をはいずり回っているんだからねえ」なんて言ってね。けれど、母にとっては、「台所は私の縄張りだ」という感じです。家事をするのが当然だと思っていたんですね。そしてまた、母と一緒でなきゃあ、父だってうまく暮らせないんです。遊んで帰って来ては威張っていたけれども、母がいなかったら、自分一人では何も楽しくは暮らせないことを知っていたようです。

「おい」と言うと、「はい」と、サッと自分の欲しい物が出てくるでしょう。だから、父にとって家はとっても居心地のいい場所だったんです。だんだん年をとって、花柳界からのお迎えが来なくなると、もうぴったり浮気をやめました。それは、父にとってはただの浮気というだけのことですから、浮気をやめまして、母の言うとおりになって、「うちの母ちゃんは気が強いからかなわんよ」なんて言いながら、母の言うとおりになっていた。だから、私は、そんなに女はみすぼらしい、情けないというふうには思わなかった。私の浅草の暮らしの中では、そんなに哀れには感じませんでしたよ。ただ、そういう中でも、旦那が、浮気だと思っていたのが本気になって捨てられちゃったり、あるいは病気で死んだり、兵隊に取られてどうだとか、いろいろなことがありましたけど。

私の若いころは、女の仕事というのはごく少なかったんですよ。色町以外は家事の手伝いをするか縫い物ね。縫い物だって安いんですよ。今は国家試験があって、ちゃんと一級、二級があって、縫う人のほうも一級をとれば幾らと、料金が決まってるらしいけれども、昔は、ただ「お幾らぐらいいただきたい」というと、「ああ、そう」と言って払ってもらうってふうで、仕立て賃も別に決まっていなかったから、なかなかそれだけでは暮らしていけない。だから、女の人も何か自分で生活できる、しっかりしたものが欲しいと私は思ったんです。

それで、私はずっと家庭教師をやりながら月謝をかせいで、女学校を卒業し、女子大まで行きました。その後、女優になって、だから、ずっと税金を納めているわけですね。つまりかせいで生きてたってわけ——(笑)。

今まで、かせいでなかったということは、ほとんどありませんでした。かせいでいなかったのは治安維持法でつかまっていたときぐらいでしょうね。

「男のくせに」

でも、今の世の中は、女の人が、自分で、外でいくらでもお金をかせぐことができるようになりました。いい時代になりましたね。男女同権になったんですよね。男も女も同じ、同等なのですね。といっても、何もかも同じというわけにはいきませんよねえ。

たとえば、私も人間なんだから拳闘もできるというふうには思わない。女の体と男の体とは出来が違いますからね。出来が違って、どっちがいいとか悪いとかというんじゃなくて、それぞれの出来が違うんだから、だから、女の人には女の人に適した、男の人には男の人に適したことがある。

またその中でも、女の人でもいろいろスポーツに適した人もいるし、だめな人もいるし、男の人だってそうでしょ。

私、男の人をかわいそうだと思ったことがあるんですよ。「男のくせに」「男のくせに」と言われてね。それに結婚するときは「僕は君を幸せにしてあげる」なんて言わなくちゃならない。どうしてそんなことを約束できるんでしょうか。

学校の成績がオール5で、優秀な生徒で、一流の会社に入って、あるいは親方日の丸になったって、やっぱしだめなときはだめなんです。だから、私は、男の人もかわいそうだと思いますよ。女だけがかわいそうとは思わない。男の人だってかわいそう――今は、「本当にそうよ」と言ってくれる人が多いけれども、私は昔からそう思っていたんですよ。何かというと、「御神輿担《おみこしかつ》いでて、男のくせに、そんなことできないのか」と言われたり、「男のくせに、女房子供の一人や二人、養わなくちゃ」と言うけど、「それはむずかしいわよ」と私は思っていたんです。おんなじ人間で、そしてそれぞれに適したやり方をする男女同権が欲しい。

まあ、女性はかなりひどい目に遭ってきましたからね、「女のために」というのは無理はないわけです。そして、そういう人たちがどんなに多いか。女のほうが男の人よりもひどい目に遭っていた、確かに。いつの間にかそういうことになっていたんですね。天照《あまてらす》大神《おおみかみ》のときはそうじゃなかったみたいですけど（笑）。それから後だんだんそういうふうになっていったのかもしれませんね。

男と女のあいだ

「女は、女に生まれつくんじゃなくて、女にこしらえられる」という言葉は、確かにそうだと思います。だから、女でも男でも、同じ人間として生きていきたい、暮らしていきたいと思うんですよね。女だけが哀れというわけでもないですよね。しかし、犠牲者は女のほうが――男の人は腕力の強い人が多かったから、だんだんそういうことになっちゃったんでしょうねえ。

「女はこうでなければいけない、女はああでなければいけない」と。「女は幅の広い帯を締めてなければいけない」ということだってその一つだし、女がたくさん食べたら色気がないというのもその一つですよ。

それは私自身にもしみ込んでいましたね。そう思っちゃうんですね。何だか悪いような気がしちゃって。うちは旦那が明治の人ですからね、「男子厨房《ちゆうぼう》に入るべからず」のころの人だけど、それでも、このごろはよく手伝ってくれますよね。私が年とったから、かわいそうだというので台所に入ったりして、手伝ってくれる。そうすると、「あら、悪いわね」と、こう思っちゃうわけです。「悪いわね」と思うのも、ちょっとおかしいと思うんですけどね。「私だって働いているんだから、向こうが手伝ってくれるのは当たり前じゃないの」と思ってもいいんだけど……、でも、そう思わなくてもいいと思うんです。私、「どうもすみません」「ありがとう」という言葉があったっていいと思うんですよ。それを言っちゃあ男女同権じゃない、とは思わないのね。そこいら辺はお互いにね、「あっ、ありがとう。どうも」というようなね。

私がご飯をこしらえるたんびに、旦那が「ありがとう」と言わなくても、心の中ではそう思っていると思うんです。だから、お互いにそういういたわり合いが欲しいんですよね。男女同権もいいけど、それと同時に、両方でいたわり合う優しさが欲しいと思うんです。むずかしいもんですよね、男と女というのは。

そうかといって、女ばっかりだったらつまんないでしょう？　そこでまた、神様ってうまく考えてつくっているなあと思います。大体、男も女も同じぐらいの数でしょう。まあ、あるときは男のほうが多かったり、あるときは女のほうが多かったり、多少の違いはありますけど……。

それから、戦争中はむやみに戦場へ男の人を連れて行ってしまったから、そしてお国のために命を捧《ささ》げさせてしまったから、あの当時の女の人は、とてもかわいそうですよ。ちょうど適齢期に相手の男の人がいないんですものね。戦争なんかの場合、人為的にそういうこともあるけれども、しかし、まあ大体がおよそ男女同じくらいの人数だと思う。世の中、そういうことが自然にできているんだから、立派な男ばっかりこしらえる、立派な女ばっかりこしらえるという、そういうふうにあんまり考えなくてもいいんじゃないかと、私は思うんです。

「家事嫌い」は当たり前

夫婦が二人で働く場合にはね、二人がどう働こうとかまわないんです。だって、縁があって一緒になるんですから。でも、初め、好きだからって一緒になっても、ずっとそのままそれが続くと思ったら大まちがいですからね。これは、初めは好きだと思って一緒になって、お互いにあばたもえくぼだったのが、そのうち、だんだんみんなあばたに見えてきちゃう。それを、お互いに、隠したり、見ぬふりをしたりして、いたわり合う、それが夫婦の愛情じゃないかしらね。その優しい気持ちを育てるのが、夫婦ってもんだと思いますけどね。

「沢村さんのご主人はどんな方ですか？」ってよく聞かれるんですよね。私は役者だからいいけど、主人のように評論の仕事ですとやっぱり照れくさいでしょうし、私も夫は大事にしておきたいし、これは私のヒ・ミ・ツ（笑）ってことにしているんです。

このごろは、いろんな雑誌がいっぱい出てますからね、どなたかスターの方が離婚すると、すぐ、「沢村さん、一言……」と、皆さんいらっしゃるわけです。私のところにいらっしゃる方の意図は大体わかっているんです。

「やっぱりね、家のことはちゃんとしなくちゃいけません。女優だからといって、台所をきちっとしないと、そういう離婚するようなことになります。その方の心がけが悪いんですね」と、私に言わせたいんですよね（笑）。

私が家のこと、いろんなこと、みんなちゃんとやってるから。どぶの掃除までやっちゃうから。だから、そう言わせたいんだと思います。でも私、そんなこと言いませんよ。

家事っていうのはね、私は好きだからやりますし、子供のころから慣れてますから。それに自分の運動だと思って、おもしろがって楽しんでやってます。けれどもね、家事は嫌いって言う人があっても、当たり前だと思うんですよ。

私だって、ときには、がっくりすることだってありますよね。どうして人間は、一日に三度もご飯食べるのよって思ったり、きのうとはまた違うおかずを作ろうと思うと、どうしたらいいのかしら、なんて思ったりします。

私のように慣れていてすらそうですから、これが、家事は嫌いっておっしゃる方、そういう女優さんがいらしても、当然だと思うんです。そして、旦那さまが、「よしよし、じゃあ台所なんかしなくてもいいよ」って言う方があっても不思議はないと思います。お勝手仕事やらなきゃ、手だっていつまでたってもきれいだし。私みたいに手の指の節がこんなにゴツゴツにならないでしょうし。

もっとも、私が指の節が太いと思いだしたのは六十歳ですから、もう六十になったら、節が高くても低くても、大して変わりありませんけどね。そういうことですから、いろいろと、それぞれの家庭、それぞれの夫婦のやり方で、何がいいってことはないと思うんです。

晩のおかずだけは秘密

私の主人は、女優は非常にいい仕事だ、結構だ——とはあまり思ってないみたいですよ。でも、私が仕事をすることは……女が仕事をするっていうことはいいことだと思ってる。だから、多少のことは我慢してくれます。向こうは明治の男ですからね、男子厨房に入らないんですけれども、それでもこのごろはね、少しはやってくれます。洗ったもの拭くぐらいはね、慣れないのに……。お互いのいたわり合いが、夫婦がうまくやっていく秘訣だと思うんですよ。

私たち、かせいだものは一つ壺に二人で投げ入れて、そして、私は数字がだめですから、数字は全部主人にやってもらう。こういうふうに、分担を決めて、助け合ってやってきました。

でも、主人はすべて私のもの、と思っちゃだめですよ。そうじゃないことだってありますよ。自分だって、旦那以外、絶対ほかの男を見ないかといえば、やっぱり、ちょっといいい男がいるなと思うときだってありますしね（笑）。

そのぐらいの融通《ゆうずう》をきかして、それで、お互い同士がとにかくいたわり合わなきゃ。私だってあなた、北海道へ一カ月間ロケ――いくら監督が巨匠、主役や、周りにやりいい俳優がいっぱいと言われたって、行きませんもの。だって、一カ月も二カ月も家をあけるのは、主人が気の毒ですものね。だから私は行かない。

「沢村さん、今度ハワイへ行ってもらいます」

「私行かないわ」

恩きせがましく言ってきた向こうもびっくりしてましたけどね、撮影所の人が……。私、さっきもちょっと言いましたように、まず第一に暮らし、その上に女優があり、そして雑文がありと考えていますからね。それでなんとか今日までやってこられたと思うんです。だ
主人も、私が仕事をしてるほうが、うるさくなくていいと思ってるかもしれません。だんだん仕事がなくなって、一日家にいることになったら困るかもしれない。うるさいなと思うかもしれない。

ちょうどいいぐらいにくっついたり、離れたり……私たちお互いに何でもしゃべりますね。私は主人に何でも相談します。しないのは晩のおかずのことだけ（笑）。

だって、これはつまんないでしょう。晩のおかずが何だかわかっちゃ、つまんないでし

ょう。だからしないんです。それで食事の用意するときには、ちゃんとドアを閉めて、匂いもわからないようにしておいて、「はい、できましたよ」「おっ、天ぷらか」こうなるわけです。

そういうふうに、おかずのこと以外は、何でも主人に相談しています。しかし、何でも主人の言うとおりにしているかといったら大違い。自分で、そうじゃないっていうものは、いくらでもそう言いますよ。「私はそうは思わないわ」とか「それはおかしいんじゃないの」とか言います。ただし、相手の言い分はよく聞きますね。それで、「あ、そうか」「それはそうね」そして私が悪かったら、「ごめんなさい」すぐ、あっさり謝ります。だって、自分が悪いのに、横やりを無理に入れたってつまんないでしょう。

うちは、お互いにしゃべるだけしゃべります。何かで「沈黙は金だ」なんて言ってましたが、言わないとこっちで察しなくちゃいけないでしょう。面倒くさいですよ。あれはこうかしら、ああかしら、なんてね。だから、わが家はそんなことはない。言うだけ言って、そして、「あっ、そうか」と思ったら、あっさり謝って。そして、お互いに残りの人生を何とか楽しくやっていきましょうよ、というわけです。

「出ずるを量《はか》って入るを制す」

何しろ私は女優やって、雑文書いて、そして一番大事なのは――ちょっとテレビ局の人や何かに悪いんですけどね――やっぱり私、家のことです。ですから、とても忙しいんですよ。一日が二十八時間あったら、どんなにいいだろうって思うほど忙しいんです。

私は生まれつき、めぐまれてました。うちも、小さいけれど寝るところがないほどでもなかったし、いつも縮緬の着物でしゃなりしゃなりというわけでもなかったけど、ちゃんと着せてもらっていましたし、おかげさまで、雑草ではあるけれども日が当たるところにいました。日なたの雑草。ですからこう、わりとたくましくね、ひょろひょろしないで生きてこられたと思うんですよ。

そういう暮らしも、また乙《おつ》なもんだと皆さん、お思いになりませんか？　――そりゃあ、お金があればもっといいでしょうけれどもね。しかし、それも考えものですよ。あまりかせいだりしますとね、税金をどっさり取られますからね。税金の心配ばっかりしてるのいやだから、だからやっぱり、ほどほどがいいですね。

うちじゃね、ちゃんと一年の支出がはじめっから決まってるんですよね。「入るを量《はか》って出ずるを制す」という言葉がありますけど、うちの場合は逆なんですよ、「出ずるを量って入るを制す」なんです。

つまり、どれくらい要るから、あとどれだけかせごうっていうわけです。

「これで、今年はいけるね」っていうと、よほど演《や》りたいもののほかはやめちゃうんですよ（笑）。かせぐのをやめるわけです。それでちょうどいいんです。やっぱり、年ですからね。そう思うんです。そういうのんきな暮らしです。こうやって、のんきに暮らしていかなきゃね、こうながくはもちません。

「一生もの」のおつき合い

私は古いものを捨てたがらないで、「一生もの」「一生もの」って、一生ものばかり好きだって笑われますけど、うちに来る人は――どういうわけか、ゆったりと歯車が合うような人たちが、多いんですよ。

一生もののおつき合いの人たちばかりなんです。

建築屋さん——一級建築士なんですけどねえ、固いのよね。固くて、固くて、とってもきちんとした人なんです。つまり、「ここの所をこういうふうに直したい」と言うと、「それはだめですね。そういうふうにすると、ここだけはいいでしょうけれども、こっちの部屋がだめになるから、だめです」と言うのね。

昔、弟の加東大介が、その人に頼んで家を建てたときもそうなんです。どうしたわけか、新築の家の廊下を、節のある檜《ひのき》を使ったんですって。加東が、「これ、節があるの？　節のないのを使ってもらいたいんだけど」と言ったら、「お宅にはご予算があるでしょう。その予算をどこへ重点的にかけるかというのがいちばん大事だと思います。柱とか、縁の下とかいう、最も根本的な土台はなかなか直せない。廊下なんか、あなたに余裕ができて、今度はもう少し節のないのにしてくれということになったら、サッと張りかえてあげますよ。一週間でみんなきれいにしてあげます。三日でもできますよ。最初からそういうところにお金を使っちゃだめです」と言われて、それで加東はぐっと詰まったというんですけどね。そういう人なのです。

今、私の住んでいる家も、その建築屋さんと一緒に見て歩いて決めたんです。終戦後一時、経堂にいたんですけどね。多少のお金ができたから、それで家を買うことになりまして——その建築屋さんとは、ある俳優さんの紹介で知り合ったんですが、初めからこの人とはとっても歯車がかみ合うなと思っていましてね。で、ご相談したら、「一緒に見に行きましょう」と、随分お忙しいのに何軒見てくださったかしら。

ほうぼう見て歩きました。総檜づくりなんていう家があると、そこへ入って、押し入れをカラッと開けるんですよね。押し入れの板というのは、わりと見やすいのね。そして「これはだめです。見えるところだけ、玄関だけ檜だから、この家はだめです」と、こう言うのね。「この家はどうかしら。ちょっと古い家だけど」、もちろん中古の家ばっかり見に行くわけですけどね（笑）。そうすると、「あっ、これはこっちから陽が差さないからだめです。その証拠に、ここのところがもう腐っているでしょう。これはだめです」と、こう言うわけです。

それで随分いろいろ見に行った挙げ句に、この家は土台が丁寧《ていねい》につくってある。土台と柱がしっかりしていて——つまり、さっきの加東の家と同じで、基礎がしっかりしている。初めのところがきちんとしているから、だから、これはいい大工がこしらえた家で、「あとは、入ってから少しずつ直せばいいでしょう」というのでやっとお許しが出たんですよ。

それで数年たって、直すことにしましたが、お金と相談しながらなので一遍には直せないでしょ。少しずつ、何年かごとに直してもらっていたんです。ところが、居間を直したときに、そうですね、二年ぐらいたちましたかね、――かなりひどい嵐がありましたの。天井から雨漏りがしたので見てもらったら、「ああ、こりゃあいかん」と言って、大工さんを呼んで、全部指図してきれいに直してくれました。

それで「お幾らお支払いしたらいいのかしら」とお聞きすると、「要らん」と言うのね。「そんなばかなことありません」と言ったら、「いや、私が直したときに、ちょっと自分の計算に間違いがあった」って。「だって、この間の嵐は大嵐で、風がどっちから吹いてくるかわからないんだから、しようがないと思いますよ」と言ったら、「いいえ、そういうものじゃない。直すときには、風がどっちからこようが、吹きつけないようにするのが職人というものです。建築屋というものです。だから要りません」と、どうしても取ってくださらない。壁まで塗り直してもらっちゃって――。

それくらいですから、連れてきた職人さんのやり方が悪いと、やり直しさせるんです。だから、水道屋さんであろうと経師屋さんであろうと、全部、「ああ、なるほどな」と思う人しか使わないわけです。

今はもう年をとっていますからね、少しは仏になってきたってご自分で言うけど、前は怖かったのね。「それでも、みんなついているのは、なぜ？」とあるとき聞いたら、その人のお弟子さんがね、「本当にあの人はうるさいけど、物事はきちんとして、なるほどと思う仕事をすること。それに感心しているし、おかげでいつでも仕事があるから」と言ってましたけど、ほんとにいつでもその人のところには注文がひっきりなし。「直してください」と言っても、時と場合によっては、一年も二年も待たせられることがあるくらいなんです。

それほどの人ですのに、聞いてみると、建築屋なのにご自分は、いつまでたっても小さいお家に住んでいらっしゃるようなのです。息子さんなんか、とってもこんな親父についていられないと言って、ほかの建築会社に入っちゃったらしいですけれどね。「ここの窓のガラスを、こういうふうにしたい」と言うと、「いやいや、これはこっちのほうがいい。後のためになるんですから」そう言われると、うちはもう、「はい、はい」と言ってそのとおりに従っちゃうんですよ。

いまだにそういう職人さんがうちへは来るわけなのです。この間も水道屋さんが来て、「お宅へ初めて来たときにはまだチョンガーでしたがね、結婚して、今では娘がもう大学へ行っていますよ」と言うから、「そう」ってね。「そう言えば、このタイルはあのときだったわね」なんていう、そういう人ばっかり（笑）。

魚屋さんに教えられる

ああいう人はだんだんいなくなってしまうのでしょうが——そういえばお魚屋さんもそうです。その人はときどき鎌倉の先のほうからとりたてのお魚を持って来てくれるんですけどもね。

もう、二十年ほど前になるかしら。最初はね、うちの町内のひとつ先に、かなり裕福な人たちが住んでいる町があって、そこにどういうご縁か、そのお魚屋さんが来ていたのね。ところどころ、あそことあそことあそこというふうに、一週間に何日か働くらしいの。それが、とれたてのお魚を持って来るというのね。

その町へ行っていたうちのお隣りの方が、そのお魚屋さんに、「うちのほうへも来てちょうだい」と言ったら、「一軒じゃ、とてもそこまで足延ばすのは……くたびれちゃう」って。自分一人で担いで来るんですから。ほかへ行くときには車で行くんですよね。だからいいんだけど、ここの町は車で行くととっても混むので、担いで来るわけ。自分で担いで来られる分だけしか持ってこないんです。人を雇ってたんじゃ高くついちゃうでしょ。だから「この町内だけで精いっぱいだから」と言って断わられたのね。「でも、どうしても欲しいんだけど」と言ったら、「おたく一軒ですか?」と言ったというの。それでうちへ「おたくでも買いませんか」とその奥様が見えたから、「ああ、喜んで買いましょう」と言って、それで来るようになったんです。

とにかく、朝とったヒラメがね、「ああ、それ夕方まで待ってくださいよ。今、食べると固いから」というほど。つまり、何時間か置かないとおさしみには固過ぎるんだというのがあるのね。とにかく、新しいのを持って来てくれるんです。

それで、うちはちょっと余計買おうと思って、「来週、お客さまも来るし、これとこれとこれちょうだい」と言うと、「そんなに買っちゃいけません。そんなに買うんだったら、野菜を煮なさい。古い魚なんか出したってお客さんは喜ばないよ」と言って、ぜんぜん売ってくれないんです。変わってますね(笑)。

仕事をした分だけで暮らす

歯医者さんもそうでしたね。この歯医者さんはほんとうに不思議な歯医者さん。

「あんた、歯をいくら直したからって、新品にはならないということをよく考えときなさいよ。それは新しく入れた歯であってね、生えてきた歯ではないから、きちんとしなきゃあだめですよ。そのためにはやたらと歯を新しくしてもだめ。むやみにお金を使ってもだめ。これはこっちの歯でちょうどいいんですから、これを使いますから」と言ってね。全くね、日本一うまいんじゃないかしらと思うほどうまい人ですよ。仕事も丁寧な人で。ドイツの歯医者の学校でしばらく先生をしていたほどの人ですけどね。

とにかくたいていの歯医者さんは保険だから、保険で治療している人には、毎日毎日通わなければだめですと、一週間も十日も通わせるけれども、その先生、早くて、うまくて、安くしてくれるわけ。だから、どうしても患者がいっぱいになるんですね。冬になると、医院の前にうどん屋が出たり、夏になるとアイスクリーム売りも出たというくらいなんです。待合室の中に入り切れなくて、外に人が待っているんですもの。

手早い先生ですけど、あんまり患者を待たせて気の毒だというので、もう一人助手を置こうと思ってね、設備をしたんです。ところが、こちらで自分が治療していても、隣りの助手さんのやり方が気になって気になって、半分、気持ちがそっちへいって落ち着かなくて、それでやっと終わって、「どうだった?」って診《み》ると、「ああ、これじゃあだめだ」と言ってやり直すことになるんですって……。

結局、それじゃあ患者さんにも迷惑だし、自分も大変だからって、一人でまたやるようになったんです。一人で大変だから、もう六時以後は受けつけないことになっているのに、窓からしのび込む患者さんがいて、最後は十一時ぐらいになるらしいんですね。そうすると、「あら、あなたのところ遠いんじゃないの」「ええ、もう電車がないから歩いて帰ります」と言うと、「待ちなさい、車で送ってあげるから」と言うんですって。おかしい先生。

かなり高いお金をかけて入れても、「入れた歯は、前と同じにはならないんだから」と言うのよね。

「僕はできるだけのことをするけれども、歯を生えさせることはできない」って。そして歯を入れた後、なんだかんだと、おかしいところが出てきたら、全部無料で診てくださるんです。

ある若い歯医者さんが、「あの人は八丁荒らしだから、あの先生のそばで歯医者を開いてもぜんぜんだめだ」と、嘆かれたそうです。自分も年をとってきたから、今は予約の人しか診られなくてと嘆かれていましたけどね。外国へ行ってらしたから、外国のお客さんもよくあるし、年がら年じゅう泊まり客もあるし、また、そこの奥さんがよく世話をしたりして、とってもおかしな歯医者さんご夫婦（笑）。

だいたい、私たち夫婦は、お医者さんに恵まれているんですね。

主治医は近くの内科の先生です。もうかれこれ四十年、風邪をひいたとか、背中が痛いというたびに駆けこむのですが、いつも丁寧《ていねい》に診てくださるんです。

この間も、近所の私の友だちが、青くなってとんできて、あの先生、アメリカへ引っ越しちゃうって噂だけど、どうしようって。私もなんとか引きとめたいと思って、あわててとんでいきましたら、アメリカへいらっしゃるのは、息子さんご夫婦だそうで、ヤレヤレとみんな大安心。つまり、それほど町じゅうの人から頼りにされているわけなんです。

毎日、大ぜいの患者さんを丁寧に診察して、ときには、「あなたの病気は」って、絵を描いて納得《なっとく》するまで話してくださるんです。それで快《よ》くなると、「おばあちゃん、あんたはもうここへ来なくていい、うちでこの薬を飲んでゆっくり寝てるほうがくたびれなくていいからね」なんて、やさしくおっしゃる。

病気によっては、ご自分が信頼する別の先生によろしく頼んでくださるし——。

この先生の前へ行くと、「医は仁術」って、やっぱり、本当だろうと思いますね。この先生にとっては、決して算術ではありませんね。ただ、あの調子では、とても大きな医院をつくるなんてことは無理でしょうけれど……。

先生は大きな体で、小さな診察室に、ひとりでデンと座ってすましていらっしゃるんですよ。病気にならないためには、ふだんの暮らしが大切ですよ、と言いながら——。

野球好きのマッサージさんもそう。「どうしたら治せるかしらん」と、いつもそう思うと言うのね。やっぱり、基礎が大事だと言うわけですよ。

「ここが痛いんだけど」と言うと、「ここには何の筋があって、どういう骨があって……」と、大変なんです。もう七十過ぎているんですよ。二時間鍼《はり》をして、二時間もむわけ。普通、鍼をする人というのは、鍼をしたら、後はあまりもむことはしないでしょ。だけど、その人は、「鍼というのは、そこをよく深く刺して、刺激して、あとでよーくもんで、血液の循環をよくしなくちゃいけない」ということを自分で考えたんですね。本当に一所懸命というのかしら、もんでもらっているほうが感激しちゃうくらい、一所懸命なんですものね。そして、「初めにいいかげんなことをするなら、もまないほうがいい」と言って、こうだと思ったら自分のやり方でやってくれるものだから、何とかしてやってもらえないだろうかというお客さんでいっぱい。それで、その人のことを記事にしようという新聞記者の人が現われたら、「記事なんかにしてもらっちゃ困る。手が二本しかないから、できない。私は、できることしかしない」って。いまはもう年のせいでやめてしまいましたけどね。

おかしな人たちだなぁ、って思う方がいるかもしれませんけど、私はそうは思わないんですよ。生きていくうえで、お金をかせぐのは、ただごとではありませんよ。だから、仕事をしたらその仕事分だけ、暮らせるだけいただけばいいのではないかしら。「それ以上もらっちゃ、もったいないよ」「そんなに儲けちゃ、悪いよ」って感じ。

どうやらこうやら、住んで、食べて、着て、「子供なんて、お金残したら、ろくなことがないよ」って、さっぱり割り切っちゃっているんですよ。

第六章　年齢に応じた生き方

嫁と姑の関係

あの「となりの芝生」というドラマ、あれ、おかしくってね。初め、あれがどうしてあんなに評判になるのか、わからなかったんですよ。ま、辛口ドラマの始まりなんて言われていますね。橋田壽賀子《はしだすがこ》先生のお書きになった――。あの中で、お嫁さんとお姑さんが、正面きってチャンチャンバラバラやるんですよ。でも私、この人たち、ちっとも悪い人じゃないと思うんです。

私はね、子供がないんです。ですから嫁もいないし、姑でもないんです。でも世間では、お姑さんというと、意地が悪くて、若い人をね、若いきれいなお嫁さんを、ねちねちいじめて、というふうに思うでしょ。だけど私はそういうふうに思わないんです。あの脚本《ほん》をいただいたとき、これ、ごく普通の人だと思ったんです。

だいたい私ね、人間というもの、そんなに悪い人間っていないと思うんですよ。そんなにいい人間もいないけれど――（笑）。

つまり、私たち人間の心の中には、いろんなものがあるんです。

ところがね、お芝居でああいう姑をやりますと、よくお手紙をいただいて、「『私の浅草』『私の台所』それに『わたしの茶の間』という本を書いた沢村さん、あれを書いた沢村さんと、ああいう意地の悪い沢村さんと、同じ人だとは思えません。どちらが本当ですか」なんて手紙が来るんです。

「となりの芝生」をごらんになったおじいさまからは「あんなかわいい嫁の山本陽子《やまもとようこ》をいじめるなんて、もうわしは、沢村貞子のテレビは二度と見ん」などという手紙も頂戴しましたけれど、でも、あのお姑さんだって、そんなに悪い人じゃないんですよね。

あの人は、官吏の奥さんだった人ですけど、家の中で一所懸命、旦那さまのために働いてきて、子供を大学にやるのに、あまりお金の余裕もないでしょ、だから、家の中でいろいろ始末して、チリ紙一枚でも大切に使って、がんばって来たんですよ。

そういう人が、長男が転勤したので大阪へ一緒に行ったら、アパートでね、狭いでしょ。今までの古い家と違ってね、そして旦那さまもいない。今まであんまり親しんだこともない人たちともおつき合いをしなくちゃならない。くさくさするんですよ。そんなとき、次男がね、よくある話ですけど、「お母さん、うちも今度新しい家ができた。お母さんの部屋もこしらえたからね、いっぺんいらっしゃい」と——。それで「あら、そうお」と、早速来ちゃったんです。

こういう人は、何事も一所懸命やって来ただけに、息子のためにも、なんやかや一所懸命やろうとする。そこで嫁さんとドンドンパチパチになるってわけ。お互い、「いじめたい」なんて、思っているわけではないんだけど、思うようにいかないから、じりじりして来るんですよね。

私自身、自分を振り返ってみてもそうなんですけど、人間の心の中には、とってもやさしいところと、その裏には、とっても意地悪なところがあるんです。「あの人、ああして懲らしめてやればいいのに、チェッ！」なんて思う心もあるし、とっても気前よく「さあさ、どうぞ、どうぞ」というところもある。人間の心ってものは、いろいろのところがあるんですよね。それが、そのときどきに、大きくなったり小さくなったりするんです。

あの「となりの芝生」のお姑さんの場合もそうです。それに、あのお姑さん、視野が狭いんですよ。自分の旦那さま、自分の子供、自分の孫、それしかない。世間が見えない。だから、ああいうふうに、「なにさ、あたしの息子を大事にできない嫁なんて、憎らしい」となっちゃうんですよね。

それやこれや、いろんなことが重なって、このお姑さんの意地の悪いところがぷうっとふくらんだ。私は、そういうふうに考えているんです。そこんところがなんとなく人間的だというので、あのドラマ、皆さんが見てくださったんではないかしら。

しなやかに聡明に

でも、今の世の中、嫁も姑も大変ですね。老齢化社会になって、女の人の年齢がまた延びたと聞くたびに、「え、これでいいのかしらね」って、思っちゃうんですよ。

私、いつも言うんですけど、そりゃ、男だって大変ですよね。なにかというと、男のくせに、というので、我慢はしなくちゃならないし、いいかっこもしなくちゃならない。女の人に結婚を申し込むときだって、「君を幸せにするよ」って、言うでしょ。とても気の毒だと思います。今の世の中で、そんなこと請け合ったって、そうはいきませんよ。どんどん変わっていくんだから。女の人は、うっとりそれを聞いていればいいんですから、そのときは女のほうがいいですよね。

けれど、これから老齢化社会になって、みんな年をとってボケて来るでしょ。そしたら、その人の世話はたいてい奥さん。奥さんが亡くなれば息子のお嫁さん。そして、お姑さんもお嫁さんの世話になる。「あんたの世話にだけはなりたくない」なんて言っても、そうなります。だって仕方がないでしょ。だから女の人も大変ですよ。次に生まれるときは、女がいいか、男がいいか、むずかしいわね――(笑)。

そして、もうひとつボケの問題をどうすればよいか。長寿、長寿と言って、昔は「めでたい、めでたい」と言っていたけれど、今はあまりめでたくありません。でも、やっぱり長生きはしたいし、考えちゃいますね。

ところで、そのボケが今、大流行。ちょっと物忘れしたりすると、もう――「お母さん、ボケたんじゃない」とすぐにもボケ老人扱いをされちゃう。

ボケ老人の世話は、事実大変ですよね。ふらふら外へ出て行ってしまったり。下《しも》の世話までしてもらうようになったら本人だって大変です。大変ですから、「ああなったらどうしよう」と私も思ってしまいます。それなのに、ご老人がちょっと間違えると、「あら、とうとう来たんじゃない、おばあちゃん」とか、「あら、おじいちゃんもおかしいわよ」なんて言う。

けど、私、そんなに心配することないと思うんですよ。ちょっと忘れたり、ちょっと間違えたりするの、だれにでもあるじゃありませんか。偉い哲学者の先生が、ネクタイを二本締《し》めて教室へ入っていらっしゃったというんですよ。哲学の先生が、ですよ。で、学生が「先生、どうしたんですか」って聞くと、「何が？」「ネクタイ二本締めてますよ」「え、あ、そうか」って、一本取ってぽんと後ろへほうったというんですよ。

その先生、今度は学生食堂に行って「おい、めしくれ」「先生、さっき召し上がりましたよ」って言うと、「あ、そうか、そうだったか」と部屋に戻ってね、また三時間ほどたって「おい、めしくれ」「あら、もう召し上がるんですか。さっき召し上がったと言ったのに」「ああ、そうだったかな」と言う。なにしろ研究に夢中でほかのこと、あんまり気にしないんです。

これ、ちょっとボケみたいですね。ボケというのも、その程度のものなんですよ。そりゃあ、あなた、長年生きていりゃ、いろいろ経験もするし、知ってもいる。あたしの年代なんか、震災は知ってるわ、戦争は知ってるわ、命からがら逃げまどったし、いろんな人がどんどん変わっていくのを見て来ましたし、そして税金がどんどん高くなったのも知っている。

「それも心配」「これも心配」いろんな心配や経験がいっぱいあるでしょ。ですから、ちょっとぐらいは間違えますよ。

だから、ちょっとのことぐらいで、「ボケた、ボケた」なんて言わないことですね。あの哲学者先生と同じように、ちょっと忘れただけ。あまり気にしないことですよ。また、周りの人も、「ボケ、ボケ」と言わないことです。若い人だって、ちょっと間違えたり、人の名前ぐらい忘れたりしますよ。

ですから、あまり気にしないことがいいと思いますよ。気にするといけません。忘れるなんて、ちょっと楽しいじゃありませんか。ときには忘れることも大切です。年寄りがなにもかもギョロっと見て、ぜんぜん忘れないなんて、みんな覚えているって、それ、やっぱり気持ちわるいじゃありませんか。かわいげがないわ。ちょっとぐらいボケたって、「もう余計なことは覚えないことにしてます」って、すましていたらいいと思います。

あまり気にしない、気にしない。そのほうがいいですよ。完全主義、いけませんね。私は不完全主義。なんでもね、とことんまでちゃんとできちゃったら、それから先どうするんですか。困っちゃうでしょ。だから、不完全のところが愛敬があっていいんですよ。

いつもいつも完全にやろうというんじゃなくて、ときには遊ぶし、ごまかすし、いいかげんにするし、そうやってて、あ、いけないなと思ったら、せっせこせっせこ働くし……。あたし、ときには、でれんこ日というのを作っているんですよ。一日じゅう、でれんこでれんこして、――「はい、今日はでれんこ日」と思ったらね、ちょっとぐらい電話が鳴っても知らん顔しているんです。いつもは新聞をきちんと折りたたんで、その場所に入れとくのに、その日は、新聞ひろげて散らかしても知らん顔してる。今日はでれんこ日と思って、わーんとタガをはずしてしまうと、わりにいいですよ。そうしますと、なんかボケも遅くなるみたい。

私は夫と二人で〝ボケない会〟を作っているんです。何も気にしないのが〝ボケない会〟の約束。つまり、しなやかに生きる。そのときそのときをね。人が——お嫁さんやお婿さんが「お母さん、ちょっとボケたんじゃないですか」と言っても、「あら、今ちょっとね、休憩中」なんて言ってね、しゃれたことを言って遊んでいましょうよ。そのほうがいいと思いますよ。

暮らしはやめられない

「女優と主婦業とを、うまく両立させていますね」って、よく言われるんですよ。でも、それは大間違い。私は、「仕事」と「家事」は両立するものではない——って思っているんですよ。

たまたま女優をやっていますけど……。いいえ、嫌いじゃないんですよ。芝居もののうちに生まれて、とにかくずっとこの仕事をしていますでしょ。やめようなんて考えたこと一ぺんもありませんしね。女優には自分の中のいろんなところをふくらませて、その度に違う人間になれるっていう楽しみがあります。

といっても、「仕事持ってるから、結婚してもご飯こしらえないわよ」なんて言うほど、女優としての才能があるとはとても思っていませんの。私にとっては、やっぱり一つの職業――「そのために生命を賭けます」とはどうも言いにくいんです。

私にとって、いちばん大切なのは、毎日の暮らしのような気がします。寝て、起きて、食べて、読んで、考えて――周りの人たちとやさしくいたわり合うような生活をしていきたいと、いつも思っています。

私は、明治の女――家事いっさいは女の役目という思いが、体にしみこんでいるせいかもしれません。

テレビの仕事を終えて、家に帰ってさっと襷《たすき》がけで台所に立つとき、同じ明治生まれの夫から、「ご苦労さん」と、いたわりの言葉をかけられますと「どうも、すみません……」って、申し訳なくなっちゃう。

でも私は、「女優」と「家事」のどちらをとるべきか——などと悩んだことはありません。この二つは並べて考えられるものじゃないと思っているからです。私の場合、女優をやめることはあっても、暮らしをやめることはないからです。順番をつけるとすれば、一番が家事で、二番が女優ってことになりましょうか。人間らしく楽しく暮らしたい——そのために、せっせと料理をつくったり、掃除をしたり、ときどきは、怠けたり、放り出したりもしますけど——でも、とにかく、私にとっては毎日の暮らしがいちばん大切なんです。

私は不完全主義者

私が台所好きなのは、子供のときからしつけられて、こうなればこうなるものっていうのがよくわかってるからなんです。だから一度にいろんなことを、みんなできるわけですね。頭の中で、「あのセリフどう言おうかな」と思いながら煮物を煮たりできるんです。

その私の料理のおかげで、旦那が病気しない。自分も病気しないということなんで、女優はだれでも家事をしなくちゃならないって、ぜんぜん思わない。私、台所しない女優さんて、結構だと思うの。指が太くならなくていいじゃないですか。

たしかに私は一所懸命だけれども——でも、家事は美容体操だと思っているんですよ。

うちは古い木造家屋ですから、戸を開けたり、階段を上ったり、庭掃除をしたり、きのう洗っておいたお鍋を拭いたりしていると、だんだん、体の調子がよくなってくるんです。だんだんよくなる法華《ほっけ》の太鼓でね（笑）。

家事は私にはちょうどいい運動になるし、頭休めになる。それを、大変だ大変だと——そりゃあ、ときには思いますよね。家事というのは大体きりがないから。ちょっとここ汚いと思ったら、ついでに別のところも洗いたくなっちゃって……。することがいろいろあります。だって、きれいなほうが楽しいじゃない？　ほこりだらけよりは。

やることはいろいろありますけれども、完全主義はだめ。私は不完全主義、——不完全でいいんですよ。ただ、自分がまあまあと思ったときにやりゃあいいんです、楽しく。

私の場合は「あっ、これはいけないな」と気がついたところだけやるようにしてますの。「ああ、これもまたしなくちゃならない」とは思わないのね。しなくちゃならないことはないんですよ。ほこりじゃ死なないというでしょ（笑）。

一日家の中のことばっかりやって、それに夢中になることはないと思いますよ。生きていくうえのほんの何ていうんですか、その日その日の積み重ねですからね。楽しくやらなくちゃ。ですから私は、「ああ、嫌になっちゃう」と思うほどはしないの。ときどきはぐずぐずやったり、今日はおしまい、といったらそれでおしまいだし——。

大げさに舞わない

「老いの入り舞い」という言葉があります。どういう意味かと申しますと……、実は、私もよくわかりませんでしたので、ことわざ辞典をめくってみたのですけれども……。「入り舞い」というのは、お能で、おしまいの、もうこれで終わりというときに、さあっといっぺん引っこんで、また橋がかりからちょっと出て来て、一さし舞って、それで本当のおしまいになることをいうそうなんです。

それで私、「老いの入り舞い」というのは、人間年をとって、もうこんなもんだと思うときに、「さっと、もう一さし舞う」そういうことだと思いましたの。これ格好いいでしょ。これこれと思ってあとを読んだら、これがいけないんですよね。

「老いの入り舞い」となりますとね、周りのものがもうたくさんだと思っているのに、老いの一徹でしゃしゃり出て来て、「私は若いとき、これでもって皆さんから手をたたいてもらったのよ、よくごらんなさい」なんてね。よたよた、よたよた舞って見せる。もう、みんなうんざりしてしまう。みんながほっとするのは本当に揚幕《あげまく》に入ったときだなんて、あまりよくない言葉なんです。

私、がっくりしちゃったんですけど。しかしね、こう考えたんです――「私は私の心の中で、皆さんに迷惑かけないように、あまり大げさに舞わないで、心の中でそっと老いの入り舞いを舞いましょう」と。そう思ったんです。

「ほんのちょっとだけ」

そうなんですよ。それはあなた、いくら私が、「私はまだ若い者に負けないわよ」なんて言っても、それはウソですよ。若い人に負けるのは当然でしょ。むきたての卵みたいにきれいな皮膚をしたお嬢さんと顔をならべたら「あら、私はひどいわね」と、こう思いますよね。

そんなとき、自分でもってあんまり汚いと思ったら、ちょっとだけ、ホンのちょっとだけね、たくさんは駄目ですよ。全部やり直しなんてのはいけません。ちょっとだけ、その汚いとこを隠すようにするんです。あんまり醜いと人に思われないですむように、一緒に住む人に迷惑にならないように、醜いところをちょっと隠す心がけって大切じゃないかしら。

面白いもんですね、白髪まじりの髪などがパアーッと広がって、こんな醜いものはありません。ところが、さっとこぎれいにまとめますとね、結構これで気にならないものなんです、ロマンス・グレーがちょっと素敵にみえたりして……。そういうふうに、他人に迷惑をかけないように、老いをちょっとだけ、ほんの少しだけ、皆さんの目の毒にならない程度に隠す、そういう嗜《たしな》みね、これはしなくちゃいけないと思うんです。

ただし――「全部、隠そう」なんて、それは無駄です。できっこないんです。厚化粧すればするほど、ひどいとこが目立ってきちゃってね、いけないんですよ。

ほんのちょっとだけね。――そういえば私、そうですね、「ほんのちょっと」とか、「少しだけ」というのが好きですね。小市民的というのか、何か、ほんの少しだけ、たくさんはだめなんです。下町女というのは、だいたいあまり高望みしませんからね。ほんのちょっとだけという、年じゅうそうなんです。

暮らし方でも「ほんのちょっとだけ」。忙しいけれど、ほんのちょっとだけこれ我慢しましょうという。あるいは、ほんのちょっとだけ、あの人にああしてあげましょう。たくさんはできないんですよ。並《なみ》ですからね私は。並。私は並人間なんです。

年齢と遊ぶ

「いつまでも若くありたい」――私の知っている女優さんの中にも、年齢を隠して、シワのばしの整形をなすって、頑張ってる方もいらっしゃいます。ですけど、年齢って、確実に一年に一つずつはとるんですよ。これはしようがないんですよ。別に欲しくはありませんけどね。でも、いくら「いらないから」といったって来ちゃうしね。だから、これは仕方ないものだと思っているんです。

そりゃね、まだ若く見える方が、たとえば六十歳の方がね、そういう方が交通事故だとか、泥棒にあったというとき、新聞記事なんかで、「老女襲わる」なんていう、あれはいけないと思うのよね。まだ六十歳ですよ——ほんと、そう思いませんか？　なのに老女だなんて、ガックリですよね。そういうことは言ってほしくないと思いますね。

私、これまで自分の年をごまかしたこと、一度もないんです。別に自慢するほどのことじゃありませんけどね。若いころからそうでした。でも今ではこれがひとつの自衛手段になっていますけれども……。

女優というのは欲張りでしてね、「これやってくださいな」「これに出てください」なんて言われると、つい出たくなってしまう。そんなとき、年を考えて「無理しちゃいけないよ」と自分に言い聞かすんです。先方さんにも「途中でだめになってご迷惑かけてもいけませんから」と言って断わるんです。すると、「そんなこと言ったって、まだ元気じゃありませんか」と言うから、「そりゃああなた、今は、やっていないから元気だけど、これをやると不元気になるかもしれない。なにしろ七十七ですからね」と言うと、エッ、それじゃほんとにもたないかもしれないな、と思って、引っこんでくださるんですよ（笑）。

私ね、年齢と遊んじゃうんですよ。だってあなた、若いころ、「まあ、あのおばあさん、きれいだわね。私も早くああいうふうになりたい」と思ったことがあったんです。それがその年になって、急に慌てるなんて、それはないと思うんです。

それにね、自分の年も、一つ隠すといろいろ大変なんですよ。自動車の免許証を取るとき、間違えて向こうが私の年を一つ若くしたんです。「いいじゃありませんか、一つぐらい若くなったほうが……」と言うんですが、あとが大変だったんですよ、あれやこれやで。慌てて訂正してもらいましたけど。……それより、遊んだほうがいいでしょ。おばあさんならおばあさんなりのきれいさがあるじゃありませんか。ですから私、年齢と遊ぶのが大好き。

どの年代にも、その年代特有の楽しみがあると思うんですよ。「年をとったら、あんな着物が着たいな」「ああいうふうなショールもいいだろうな」「今は地味だけど……」ということがあるでしょ、そういう年になったんだから、それを楽しまなくちゃ。

私ね、幸せというのは――楽しみとか、幸せというのは、魔法のランプではないと思うの。それは、一つの小さい点だと思うんですよ。

だからお年寄りの人でも、「私、早く幸せにならなくちゃ。生きがいをもたなくちゃ」なんて思わなくてもいいんじゃないかしら。毎日一つだけ、ああ、今日のあのお茄子のおしんこ美味《おい》しかった、これ一つの幸せですよ。あの子にあのお菓子やって喜んでもらった、これも幸せですよ。そんな一つ一つの幸せ、小さな楽しみをたくさん積み重ねていく、そういう小さな点を集めることが幸せだと思うんですよ。

そういう意味で、年齢と遊んだり、年齢の楽しさを知ったり、年齢は年齢なりの小さな点のような幸せを集めたり、そういうのが好きですね。そうでも思わなきゃあしようがないんですもの。

だってこんな世の中でしょ。勉強して勉強して一流の大学を出て、一流の商社に勤めて、あるいは一流の役人になって、ずっと幸せになりつづけるわけにはいきませんよ。男の人が女の人に、「僕が幸せにしてやる」なんて請け合ったって、そうはいきませんよ。そんなことより毎日の一つ一つの小さな幸せを集める、それしかないと思うんですよ。

あと何回食事ができるか？

私はほんとはとても低血圧で、それもずいぶんひどいんですよ。お医者さんに言わせると、起きていられないはずだと言われるほどなんです。それでもなんとかやっていられるのは、これはエサのせいだと思うんですよ。品の悪い言葉ですけどね。エサというのは――つまり食べ物ですわね。栄養です。それが美味しいものとか値段のはるものというのではないんです。あ、今、美味しいな、と思うものを食べる。そして、たくさん、いろんなものを食べる。自分の歯に合うもの、歯にですよ、歯もガタガタしてきていますからね、やわらかく煮て美味しくいただく。これで私、今までなんとかもってきたと思うんです。

私ね、生活の基《もと》は、なんといったって食べ物だと思います。だから、台所大好き。一日のうち、起きている時間の三分の二は台所にいます。

だってね、もう先が知れてるんですもの。あと何回食事ができるか？　おまけに、私、一日二食なんですもの。真ん中はお茶にしているんです。おやつにね。そうすると、あと何回食べられるか。これ、非常に簡単に数字が出ちゃいます。ですからね、一度でもまずいものを食べるともったいなくて……。

それに若い人と違って、口直しということがきかないんですね。胃が小さくなっているから……それ以上食べられない。ですから大事に大事にするんです。まずいもの食べると、一回分損しちゃいますもの。

手入れしながら生きる

そこで、食事を自分で作れば、自分の好きなように作れるでしょ。そして私、さっきも申しあげたように、体が弱いほうですからね。それがひよひよ生きていられるのは食べ物のせいだと思うし、そして、それだけじゃなくて、自分でこれをこしらえるせいだと思うの。

体を動かしていたり、手を動かしているとボケないと、よく言いますでしょ。かといって、ゴルフだとか水泳だとかは、もう七十七にもなると追いつけませんよね。それよりも、台所とお掃除を、せっせこせっせこ家の中をばたばた走りまわってやっている。これがいいんじゃないかしら。うちのジュウタンが早くいたむのは、私がばたばた走りまわるからだと言われるんですけどね。

これぐらいが、ちょうどいい私の運動なんです。それで夫も喜びますし、自分もまあまあ、あんまり病気もしないですむし、一石三鳥ってとこかしら。だから私、台所大好き。

低血圧なのは生まれつきらしいんですね。血圧は幾つがいいのかよく知りませんが、だいたい九十たす年齢なんて言いますでしょ。私は、七十七なのにやっと百そこそこ。このごろは少し高くなって百をちょっと出るくらいですからね。朝起きられないのです。気持ちよく起きられるまで寝てましょうと思ったら、私一日じゅう、ずっと寝てることになりますものね。

そんなことではいけないから、さあこの辺で起きましょうと、布団の中で手を動かしたり足をばたばたやったり、それでやっと起きるんです。起きだして、のろのろ、のろのろ、雨戸を開けたり、食事の支度をしたり、いろいろやってますと、だんだん血液の循環がよくなりましてね、しまいにはぱあっと、別人のごとくさっそうとしちゃうんですよ、やっぱり自分のことよく知って、だましたりすかしたりしなきゃあね。手入れをしながら、繕《つくろ》いながら、生きてるんですよね。繕いながらでも、結構もってますよ。

私にとって生きがいとは

なんといったって、人生は、ほどほどに楽しまなきゃあ。何を生きがいに——などとよく言いますけれど、生きがいというのは、そんなに大きなものでなくてもいいと思う。そりゃあ、世の中には、自分は一生をかけて、これこれをやるんだという人もいらっしゃいますが、そういう人は天才だと思うんですよ。

私は並、並人間ですからね。もう、容貌から、才能から、健康まで、健康は並よりちょっと悪いけど、だいたい並です。ですから、そんな立派な生きがいなんて、私には考えられない。ただ、そのときそのとき、「ああ、これだけはしたいな」と思うことをするし、「これだけはどうしてもしたくない」と思うことはしないようにしているんです。そして、「あっ、これはしなくちゃいけない」と思うことは一所懸命やる。一所懸命やって、それでおしまいになっても、まあ一所懸命やったんだからかんべんしてくださいと、こう言えるだろうと思うんです。そういうふうにしたいと思うんです。

一つの生きがいというのは、さっき申しあげたように、小さな点と小さな点を、せっせこせっせこ集めること。その日集めたのがその日の幸せ、そしてその月の幸せ、一年集めたら一年の幸せ。こうして、「はい、こんなに溜まりました」「ああよかったね」「じゃまた、これを下におろして、来年も集めましょう」こういうふうにするのが生きがいってものではないかしら。

それなのに、生きがいはないか、生きがいはないかと、あちこちウロウロ探してみても、探しているうちにおしまいになってしまいますよね。そんなのはつまらないじゃありませんか。だから私の生きがいは、毎日、何か、「ああ、よかった」「ああ、うれしかった」「ああ、美味しかった」「ああ、楽しかった」と思うようなことを、自分にするか、人にするか、自分の周りの人にするか、それでいいのです。

自分の周りの人といったってね、あなた。もとはといえば皆他人なんですからね。その他人が、この広い宇宙の悠久の時間の中で、たまたま縁あって出会い、縁あって一緒の家に住み、縁あって親子になり、縁あって夫婦になって生きているわけでしょ。その人たちだけでもね、せめてたくさんのことはできなくても、ちょっとした楽しいこと、やさしいことを示して、私が死んだとき、「ああ、あの人が死んでよかった」と思われない程度に、「まあまあ、あの人もねえ、年だわねえ」と、すぐ忘れてくれる程度に、しときたいと思うんです。それにはね、やさしくね、お互いにやさしくいたわり合ってと、そう思って暮らしているんです。

「一センチ五ミリ」感覚

〝老人ボケ〟にならないというのは、ちょっとむずかしいんじゃないかしら。だけど、あまり気にしないんですよ。

梅原龍三郎《うめはらりゅうざぶろう》さんがこの間、お亡くなりになったでしょう。あれだけの方でも、最後には、「この間のバラの絵はあそこにあるだろう」とおっしゃって、実際は、なかったなんていうことがあるんですから、あんな頭のいい方だって、年をとると多少老人ボケになるわけです。なるというのは、記憶が薄れるとか、思い違いをするとかいうことで、これはどうしてもしようがないと思う。

私もこれだけ生きていると、随分いろいろなことに遭ったから、多少ボケるでしょうけれども、あまり気にしないことにしています。

それに私はこれだけのことをしたんだからと、あまり思わないことじゃないかしら。そう思っていると、今、できないことがすごく情けないわけ。なんとなく「あまり嫌なことはしたくないなあ」と思って、自分の周りに何か起きると、思うようにできないものだから、「私はもうだめじゃないか」というふうに気にしてしまうんですよ。そして、周りの人に「あっ、もうだめだ」というふうに言うでしょう。あれは非常にいけませんよ。

私、このごろ、お茶碗をとろうとして、ちょっとずれてこぼしちゃうことがよくあるんです。でも、あれは、手を上に出すつもりがちょっと下がったというだけのことでしょう。だから、私はそれを「一センチ五ミリ」と呼んでます。

うちの旦那がパッとこぼすと、「ほら、一センチ五ミリ」と言うと、「ああ、そうだな」と笑っちゃうんです。それでひっくり返すと、「本日、第一回」って——(笑)、そして今度私がやると、「ほら、第二回」と言うわけね。

でも、そのくらいのこと年とると当たり前だと思うんですよ。年とってぜんぜんそういうことなしに、若い人と同じだったら、気味が悪いと思いません? 多少そういうことがあったほうが愛敬もあるしね。

「年とったわね」という言葉が自然にでてくる……。だから、ほんのちょっとのことが違ってきます。これは、一日に十万個ずつ細胞がなくなるというんですから仕方がないでしよう。こんど七十八歳になっちゃったんだから、この年で十万個ずつ欠けたら大変ですものね（笑）。

夫と二人の「ボケない会」

ちょっとのことでつまずいたり、こぼしたりしやすいから、気をつけなくちゃ。コードを踏まないように気をつける。というのは、コードをひっかかりやすい場所に出しておかないようにとか、ちょいと湯飲みをよけておくとか。だから、あまりそういうことがあっても、「ああ、もうだめだ」なんて考えないの。それで旦那が慌てて向こうへ行ってけつまずいたりすると、「殿、ご用心」なんて言って、そういうふうに、かなりふざけるんです。人間って、そうしたことは幾つになってもあっていいと思います。

「いい年をして」なんて言ってちゃだめ。そういうふうにふざけていると、結構気にしないですんじゃうものなんですよね。

ボケる人多いけど、一番気の毒なのは校長先生だっていうんですよ。小学校の校長先生になるような人って、本当にきちんとして、いい人ですよね。何も間違いを犯さない。間違いを犯さなすぎるから、今ちょっとボケて、何か失敗しちゃうと、「ううっ」となっちゃうわけでしょう。

私なんかそこへいくとね、間違いだらけの人生でね、いいかげんに暮らしてきたから、あまり気にしないんですが、ただ、そのために動けなくなっちゃあねえ……。うちなんか、まして子供がいないでしょう。私が寝たら、旦那がとても気の毒だし、旦那が寝たら私が困るし、だから、そうならないように二人で「ボケない会」というのをつくったわけです。「ボケない会」で気をつけましょうというわけ。そういう、ふざけることはとてもするんですよ。いい年してなんて思いませんよ。いい年しているからふざけていないと、とてもだめよ。深刻になっていたらね、人間が年をとるなんて、こんな深刻な話はないでしょう。こんな情けない話はない。それを情けない、情けないと思い出したら、暗くなっちゃってとてもいけませんよ。だから、あまり暗くならないように、仕方がないことだと諦《あきら》めて、それを過ごすにはどうしたらいいかということでね。

この間、政府で調査したところによると、「老後は子供の世話にはなりたくない」という人が多く、それよりも一歩進んで、「夫とだけ暮らしたい」という人が六十何パーセントとか書いてあったのでちょっとうれしくなりましたね。というのは、今までは「私は、我慢してきたんだから、あとは自分のしたいようにさせてください」と言ったり、またある奥さんは「六十過ぎたら半分退職金ください」なんて言って出て行く人も多かったけどね。このごろはまた、「夫とだけ暮らしたい」という人が——というのでね。

私、「一センチ五ミリ」を何回もやった旦那に言ったんですよ。「あんたよかったわよ、私と一緒になって。だって、若い人と一緒になってたら、そのたびにボケを笑われるでしょう。でも、こっちは私も一緒になってやるから気にならないでしょう。お互いによかったわね」って——。

そういうふうに長年一緒に来た人はどっか、どういうふうにすれば、この車を二人でうまく押して行かれるかを考えながらやって来たんですものね。だから、今どうやったら、このちょっとこわれかかった車をうまく押せるかということを考えると、——お互いに慣れてますからね。そういうことでうまくいくのでしょう。

マージャンのすすめ

一人の女が一人の男を幸せにでき、一人の男が一人の女を幸せにでき、それでもう十分じゃないでしょうか？　それ以上、別に考えることなんか、人間のできることかしらん――偉い人は違いますよ。私なんかはそうね。それでいいと思っていますよ。そう思っていくと、何とかボケも多少遅くなると思うんです。

そして、何べんでも同じようなことを言うようになったら、何べんでも私は聞いてあげるし、向こうにも聞いてもらいたい。同じことを何べんも言うのは、過去の経験しかなくなってくるからでしょうね。

だからうちは、テレビでいろいろなものを見て、「へへえ、なるほどね」と、こう思うわけなんです。どうしてアメリカがあれだけ一所懸命やっていたスペースシャトルがおっこったの？　って見ているとね、また少し自分の知識が広がるし、頭も使っているとボケるのが少ないし。使い過ぎてだめになった人なんていないそうですよ。

私、昔、ラジオでお医者さんと対談したときにお聞きしたんですよ。「人間の脳ミソって、使いすぎると、あとでだめになっちゃいますか？」って。そうしたら、「どんな人も、脳は死ぬまでに大体、三分の一ぐらいしか使われていない」っておっしゃる。あと三分の二ぐらい使える状態で死ぬんですって。びっくりしちゃいましたよ。ただし、「右へ巻いた脳は、左へ巻きかえさなければいけない」って、こう言うの。だから一所懸命、むずかしい数字を勉強したら、今度はポケッとけん玉でも将棋でもいい、違うことをちょっとする。そうすると、巻き戻しがきく。それでまたこっちをやるというふうにしなきゃあだめと。

「そうですか、じゃあ、マージャンなんかどうですか」と言ったら、「ああ、結構だね。ただし、嫌な相手としたら休みにならない」っておっしゃるんです。この人は嫌なんだけれど、つき合いで仕方がないと思ってしたら、そのマージャンはだめだよって。だから、この人は楽しいなと思ったら、勝ったって負けたっていいじゃないか、どうせ、家を売るほどのマージャンはするわけないだろうって……。だから、勝っても負けてもいいから、楽しくやらなければいけない――。

それ以後、私はマージャンは覚えましたけれども、嫌な人とはしないんです。する必要ないでしょう。

「昔はこうだった……」

若い人とつき合うときなんか、私思うんですよ。世の中変わりましたでしょ。物の値段だって全く変わってしまいましたね。考え方だって、すっかり民主主義でしょ。民主主義はとても結構ですけど、みんないいお父さん、いいお母さん、物わかりのいいおじさん、おばさんになっちゃって、何でも「ふん、ふん」言っていてはだめなのね。

ですから、私はね、家族が、何でも物わかりよく友だちづき合いするっていうのも考えもんだと思うんですよ。

と言って、また、がんこに、自分の思い通りの、考え方や生き方を相手に押しつけるのもいけません。自分の思い通りには世の中いかないんですもの。世の中が変わってきているのに、「昔は、ああだった、こうだった」……。昔はそうであったでしょうが、今はそうじゃないんだから、しようがありませんよね。だから、自分の生き方を押しつけることはしません。

しかし、自分の考えで、したくないことがあったら、そのときはね、だまって、やらないでいればいいんですよ。自分は自分のしたいようにする、——それを相手に強制しない。それでいいんじゃないですか。

いい「骨董《こっとう》」になる

私は、古い人間ですから、お芝居の稽古のときも、セリフをちゃんと覚えていくんです。テレビでもね、売れっ子の作者は、脚本《ほん》が遅いですから、明日リハーサルというとき、五十も六十もセリフを覚えなくちゃならないときがあるんです。それでも一所懸命覚えていくんです。覚えていかないと、脚本を持ったままの稽古になって、それだと両手が使えませんから、動きがうまくいきません。ですから、セリフは覚えていくんです。

そんなとき、相手の若い子が覚えてこないことがあります。でも、私は文句を言いません。それを強《し》いてはいけません。でも、私が覚えていくと、向こうも「あのうるさいおばさんが覚えてくるんだから、しようがないな、沢村さんとの絡《から》みだけは覚えていこう」となるんです（笑）。

それに、あれはボケない訓練にもなるんですよね。長いセリフをちゃんと覚えていくでしょう。そのつぎに長いセリフがきても、「もう私、年だから」というふうに思わない。「前も覚えられたんだから、まだ覚えられる」って、こう思うわけ——。

セリフが頭のなかにきちんと入ったら、覚えているという自信があるから、落ち着いてやってられますよ。それでないと、これ証拠がないんですからね、役者がセリフを覚えているかどうかということは——。洋服屋さんは生地もっているんなら、生地がありますという証拠があるんだけど、われわれは、この頭のなかに入っているんだか入っていないんだか、証拠がないんですもの。だから、自分でよく覚えたという気持ちがあれば、安心してられるでしょ。

でも、ほかの方たちには悪いから、覚えてても立つときに脚本を持ったこともあるんですよ。だけど、両手使わないと胸ぐらもとれないし、ひっぱたくこともできないし、間《ま》がはずれちゃう。だから、「もういいや」「人がなんと思ってもいいや」と思って、脚本は手放してやってますけど。これはべつに偉いんでもなんでもないわけ。

私は、あんまり芸能界というところが好きじゃない——と言っちゃ悪いんですけどね。いいえ、役者は好きなんですよ。いろんな役になれますでしょ。けれども、この社会があまり好きじゃない――そうかといって、好きじゃないから覚えない、遅れたというんじゃ、クビもんですよ。どだい若さと美貌はないんですから――（笑）。セリフだけは覚えようと思って、自分でひとつの習慣をつけたんですよ。覚えずにやるようなことをしないように。人に見せるんじゃないんです。自分に課しているんです。「覚えられなくなったらやめる」って自分で思って、それを人にも言いふらしているんです。そうすると、覚えられなかったら、ほんとにやめなくちゃならないでしょう。まだ、もう少しやりたいし、そのためには、覚えなくちゃならないと……。これ、まったく古い人間である私の勝手な理由なんですよ。

でも、これは古い新しいというよりも、――私ね、「そんなの古いよ」って言われても平気なんです。古くて悪いことないでしょ。古いのがみんな悪いなら、骨董屋《こっとうや》は成り立たないわ（笑）。――古くてもいいものはいいんだし、古いのがすべて悪いとは思っていません。みんなに伍してなんとかやっていこうと思うと、いい骨董になれるように、自分のやり方を考えるよりしようがないじゃありませんか。

これからも甘えない！

年寄りになると、子供がえりして、子供と同じように甘えが強くなります。「あの人、以前にはこういうふうにしてくれたのに、このごろはしてくれない」などと言うようになる。そんなこと言ったって、向こうには向こうの都合もありますよね。

ですから、甘ったれないこと、そして、あまりべったりくっつかないこと。大恋愛をして、そしてずっと夫婦生活している人たちでも、ちょっとはね、少しは向こうが呼吸《いき》をするだけのゆるみをね、持っていたいと思うんです。

呼吸《いき》もつけないほど、ぎゅうっと抱きつかれてしまうとね、「もう、たくさん」ってことになりますよね、お互いに——。

そういうふうに、相手に強制しないこと、人に強《し》いないで一歩離れていること、誰とでも一歩離れる、これが私のやり方。

そういうことは、年をとるとだんだんよく見えるようになりますね。だから、一歩だけ相手とのあいだに間《ま》をおく。そして甘えないで、できるだけのことは自分ですること。そして相手を許すこと。自分も許してもらうこと。いいことはみんな自分のせい、悪いことはみんな他人《ひと》のせい、そんなふうに思っちゃいけませんよね。そう思いがちですからね。これだけは、自分によーく、自戒しようと思います。

夜寝るとき、寝巻きに着替えてくつろぐとき、そんなとき「ああ、今日はいやなことをしたなあ」と思うようなことだけは、しないようにしているんです。そうすれば、最後はね、「私も一所懸命にやりましたから、ごめんなさい」ということになるし、それしかないと思うんです。

自分を大事にすると同時に、相手も周りの人も大事にする、甘ったれない、こんなことを考えています。

対話のきっかけになりますよう

ぺらぺらお話をいたしました。今日は文化講演会だそうですけれども、皆さまこうやって大勢来てくだすっても、まさか、沢村貞子の話を聞いて——文化の上で何か得があるだろうとは、お思いにならなかったろうと思うんです（笑）。

これで皆さまが、勉強した、ともお思いにならないでしょ。今日、勉強しようと思っていらした方はいないと思うんです。

多分、「沢村貞子ね、よく意地悪ばあさんやってるじゃない。どんなこと言うかしら。本も書いてるわよね。何の話するのかしら。行ってみようかしら」ということでいらしたろうと思うんです。それで結構です。

皆さま、おうちへお帰りになって、今日は損しちゃった——とお思いになるかもしれないけど、そんなことありませんよ、得ですよ。何が得かというと、私、自信を持って申し上げますけど、おうちへお帰りになって、「今日、沢村貞子の話聞いてきたのよ」って旦那さまにでも、お子さん方にでもおっしゃってごらんなさい。きっとこっちを向きますよ。

それで「あのおばさん、何言った？」こういう感じ。でも、いくら今日は何々先生の物理のお話聞いてきた——と言っても、おうちの皆さん、「ああ、そう」と言うだけだと思います。ところが「沢村貞子」と言えば、とにかく、一応は有名人ですからね（笑）。

ただ哀しいことには、私がこの「有名人」になったのは、別に人類のために立派なことをしたのでもなんでもないんです。私の場合、五十何年も女優をやっております。朝、皆さん新聞を見れば、どうしたってテレビ欄、映画の広告によく私の名前が出てますよね。五十何年も沢村貞子、沢村貞子という字をちらちら見ていれば、なんにも知らない方でも、自然名前を覚えてしまう。そうして名前を覚えられたのが、「有名人」ということでございましてね。

よく、若い人にそう言ってあげるんですよ。「あなた、そんなに有名人、有名人て言うけど、何のために有名なのかわかってんの」なんて……（笑）。

役者の有名なんていうのは、そんなもんなんでございます。それでも皆さん、その有名人の私の話を聞かれたあと、おうちへお帰りになって、まだ夕ご飯の支度には間に合いますし、——私も早くうちへ帰って、夕ご飯の支度をしなくちゃ——（笑）。そしておうちの皆さんに、「沢村貞子が、こんなこと言ってたわ」何かひとつぐらい覚えてらっしゃるでしょう。私が、髪ふり乱してごみを捨てに行くとかなんとか……、覚えてらっしゃるでしょう。

これから私のテレビをごらんになるたびに、「ああ、あんなことを言ってたな」なんて、私の話を思い出していただけると思います。

それで、「あっ、そうそう。そういえば、こんなことも言ってたわよ」なんておうちの皆さんにお話しになる。「沢村貞子が何だっていうのよ」なんておっしゃりながら、そのあと「どうしたの、それで」――案外、ちらっと耳をかたむけてくださるかもしれません。そこで、親子、夫婦の対話のきっかけができます。どうぞそれは、ひとつの得をしたんだと思ってくださいませ。

長々と、つまらないお話をいたしました。皆さんお笑いくだされば、――笑うとその分だけ美貌になりますからね、それもお得ということでございます。

どうも失礼いたしました（拍手）。

あとがき

昔、私は——まったく無口な娘だったらしい。

東京の下町・浅草の生家を離れたのは二十四歳……その後、いろんなことがあって、町内の人たちと逢うこともなかった。

その時分、青年団長をしていられたKさんに三十何年かぶりでおめにかかったのは、浅《せん》草寺《そうじ》境内の五重の塔再建祝いの席だった。

「おていちゃんは——ほんとに、ものを言わない娘だったがねえ……」

その直前、テレビカメラの前で、幼いころのこの街の思い出をエンエンと話した私を、さも不思議そうな顔でごらんになるし……、兄の親友だった浅草寺大僧正のYさんも、その傍でしきりにうなずいていらっしゃった。

自分ではすっかり忘れていたけれど——、そう言われれば、私は……も、も、もの言わずだったような気がする。

家の中では黙ってセッセと家事をしていたし、学校の休み時間には、ひとりで本を読んでいて——誰かとおしゃべりを楽しんだという思い出はほとんどない。そのくせ、けっこう陽気な下町娘で、心の中では、周りの人のことを何かと心配するような、おせっかいなところもあったのだけれど……。

口数が少なかったのは——なにしろ、人一倍の知りたがりやで、あたまの中はいつも、（これはなに？　なぜ、こうなの？　それならどうすればいいの？）

ということでいっぱいで——しゃべっているひまがなかったのだと思う。

女優になってからは、さすがに人並みの口はきくようになったものの——その中身は、どなたにもさしさわりのないご挨拶のようなことだけだった。五十年前の映画界は、私にとって——なんとも息苦しいところだった。

自分の思うことを、そのまますぐに口にするようになったのは——戦後十年あまりたってからである。

たかが脇役女優が、自分の生き方や暮らし方について、あれこれ生意気なことを言ったとしても……この年なら世間も、もう許してくださるだろう——などと勝手に思いこんだりして……。

（それにしても、このごろは、すこし口数が多すぎるかもしれない）

これは、そのおせっかいなおしゃべりの一節である——（おはずかしい）。

沢村貞子

昭和六十一年六月

一九八六年六月　光文社刊
一九八九年十一月　光文社文庫刊

光文社文庫

わたしのおせっかい談《だん》義《ぎ》　新装版

著者　沢《さわ》村《むら》貞《さだ》子《こ》

2017年9月20日　初版1刷発行
2021年8月25日　2刷発行

発行者　鈴木広和
印刷　新藤慶昌堂
製本　榎本製本

発行所　株式会社　光文社
〒112-8011　東京都文京区音羽1-16-6
電話（03）5395-8149　編集部
8116　書籍販売部
8125　業務部

落丁本・乱丁本は業務部にご連絡くだされば、お取替えいたします。
ISBN978-4-334-77530-8　Printed in Japan

組版　萩原印刷